O CASO DO DIVÓRCIO ASSASSINO

JAMIE QUINN - MISTÉRIOS ACONCHEGANTES
LIVRO 2

BARBARA VENKATARAMAN

Traduzido por
LUISA CAMACHO

AGRADECIMENTOS

Por todo o apoio, conselhos e entusiasmo, quero agradecer a todas as minhas "leitoras": Janet, Jaya, Jodi, Joette, Leslie, Linda, Myra e Nanette.

CAPÍTULO 1

— Com todo o respeito, Meritíssimo... — interrompi, desesperada para manter minha cliente fora da cadeia. Eu sabia que não deveria discutir com um juiz, mas mesmo assim, eu tinha que tentar.

— Advogada — disse o juiz Marcus, claramente aborrecido. — Todos sabemos o que significa "com todo o respeito"... significa que você acha que estou completamente errado. Eu tomei minha decisão, Srta. Quinn, *esta audiência terminou.*

Com isso, o juiz levantou-se e saiu do tribunal, com a toga preta esvoaçando em seu rastro. Ele tinha deixado claro que eu não deveria mais falar... pelo menos não com ele.

Deus, odeio ser advogada, pensei, e não foi a primeira vez. Minha cliente, Becca Solomon, estava sentada ao meu lado parecendo preocupada e confusa. Ela não fazia ideia do que acabara de acontecer, mas sabia que era ruim.

Virei minha cadeira para ficar de frente para ela.

— Desculpe, Becca, o juiz negou nossa moção. *Isso significa que você tem que deixar Joe levar as crianças na sexta-feira. Se recusar, o juiz vai te prender*

"

por desacato e você pode acabar na cadeia. Ele não está feliz com você... e gosta ainda menos de mim.

Minha cliente cobriu o rosto com as mãos e começou a chorar, com os ombros tremendo, a cabeça baixa, tentando silenciar um mundo que, em sua mente, recusava-se a proteger seus filhos. Tirei um lenço de papel da minha bolsa e ofereci-lhe. Os advogados de divórcio sempre têm lenços de papel à mão. É uma habilidade do trabalho que não se aprende na faculdade de direito. Também não aprendemos o quanto é arrebatador praticar Direito de Família.

Depois de respirar fundo, Becca recuperou o controle. Ela olhou ao redor para ter certeza de que Joe e seu advogado tinham saído. Desde que chegara ao tribunal, sua aparência havia mudado drasticamente, passando de uma estudante bem-formada para uma fugitiva desgrenhada de olhar assustado, pronta para fugir.

Eu já tinha visto aquele olhar assombrado antes. Meu nome é Jamie Quinn e depois de dez anos como advogada, já tinha visto de tudo. Você não pensaria que uma cidade adormecida como Hollywood, na Flórida, tivesse muito drama, mas tem. O juiz que me empossou tinha me avisado, dizendo: "Você nunca vai acreditar no que se passa entre quatro paredes", e ele estava certo; é inacreditável. Pegue minha cliente Carol para você (*por favor, pegue-a; você me faria tão feliz*). Ela e o marido são ricos, bem-sucedidos em suas respectivas carreiras, e se vestem como se estivessem posando para uma revista de moda, mas brigam aos gritos na frente dos filhos e jogam jarras de *Kool-Aid* um no outro. Depois havia o casal vingativo — esqueci seus nomes — que se revezavam para viver na casa conjugal, agravando os danos dela cada vez que trocavam, só para irritarem um ao outro. Começou quando o marido retirou todas as lâmpadas e luminárias e terminou quando a esposa tirou todas as pias e privadas. Achei que eles acabariam se matando, como Kathleen Turner e Michael Douglas em *A Guerra dos Roses*, mas eu estava errada. Eles se casaram de novo.

Voltei minha atenção para Becca Solomon, que estava tendo uma crise. Lembro-me da primeira vez que ela entrou no meu escritório. Achei ela parecida com uma modelo: loira escandinava com grandes olhos azuis e algumas sardas no nariz que a faziam parecer ter menos de vinte e cinco anos. Ela era educada e equilibrada e parecia uma testemunha convincente. Pelo menos era o que eu pensava. Aparentemente, o juiz Marcus não concordou.

A história da Becca não era incomum, ela tinha conhecido outro homem e queria sair de seu casamento. O erro dela foi assumir que seria fácil. Divorciar-se não é como mudar de banco ou despedir o rapaz que cuida da piscina, é muito mais complicado, principalmente quando se tem filhos. E embora um novo amor seja maravilhoso e romântico, não é a vida real. No final, alguém tem que pagar as contas, levantar-se com o bebê e levar o lixo para fora. Não quero dizer que uma pessoa nunca deve começar de novo, só estou dizendo que "novo" nem sempre significa "melhor". Todos que conhecemos têm uma bagagem emocional... até eu. Honestamente, se eu tivesse mais bagagem, poderia começar minha própria companhia aérea.

Mas voltando a Becca, tudo o que ela queria era o divórcio e a custódia primária das duas filhas pequenas e, claro, a pensão das crianças. Além disso, sua própria pensão, os honorários advocatícios e metade dos bens conjugais. E uma última coisa: ela queria continuar vivendo em sua casa palaciana com as filhas e também seu namorado, Charlie Santoro. Se ao menos o marido dela, Joe, não estivesse causando tantos problemas. Sei que isso a faz parecer egoísta e horrível, mas para ser justo, a Flórida é um estado sem culpa, o que significa que, se você quer o divórcio, você o consegue, e coisas como infidelidade não importam. Os tribunais tratam o casamento mais como uma parceria financeira. Desperdiçar bens é sempre considerado relevante, mas o estado emocional de alguém, nem tanto.

Dizer que Joe estava bravo é como dizer que o furacão Katrina foi apenas um mal tempo. E não ajudou que o novo amor de Becca, Charlie, fosse amigo dele. Dizem que os advogados criminais veem pessoas más em seu melhor comportamento e os advogados de divórcio veem pessoas boas em seu pior comportamento, e é verdade. Joe parecia ser um cara decente o bastante, mas passava muito tempo tentando punir Becca. Sua ameaça favorita era que ele tiraria as crianças dela.

Becca finalmente se acalmou quando o oficial de justiça, Harold, começou a apontar para o relógio.

— Detesto ter que expulsá-la, Jamie, mas temos outra audiência a caminho.

— Já fui expulsa de lugares melhores do que este — brinquei enquanto arrumava minha maleta.

Harold riu disso e até Becca sorriu um pouco. Tínhamos nos levantado e virado para sair quando Joe voltou para a sala, com um ar presunçoso.

— É melhor você se acostumar com isso, Becca — disse ele, com um desdém distorcendo seu rosto de menino. — Porque quando o juiz descobrir sobre você, ele vai me dar a custódia.

Becca o encarou fixamente, fria como gelo.

— Se você tentar tirar minhas filhas de mim, eu juro por Deus, Joe, que eu te mato.

CAPÍTULO 2

— Preciso chamar a segurança? — perguntou o oficial de justiça, apontando o dedo para Becca e Joe. Harold deveria ter pelo menos setenta e cinco anos, mas era um policial aposentado e não aturaria nenhuma asneira desses dois. Ele tinha um tribunal para dirigir.

Eu sussurrei a Becca para ela não cair na conversa de Joe, então a peguei pelo braço e puxei-a em direção à porta. Trabalhar com divórcios pode ser bem desagradável. Muitas vezes me pergunto por que frequentei a faculdade de direito só para acabar como uma babá glorificada. Na verdade, fiz uma pausa na advocacia há cerca de dois anos, quando minha mãe morreu de câncer. Eu estava tão destroçada que mesmo depois de seis meses sem fazer nada, ainda não conseguia me recompor. Foi preciso que meu primo autista, Adam, fosse acusado de homicídio para me tirar disso. Eu não só finalmente saí de casa, como também saí da minha zona de conforto, o que foi um pouco aterrorizante. Emocionante, mas aterrorizante. Para dizer a verdade, mal podia esperar para fazer isso de novo.

Enquanto eu empurrava Becca em direção aos elevadores centrais no meio do tribunal, eu estava ciente de que formávamos um par estranho: ela com sua beleza nórdica com pelo menos 1,80 m quando não estava usando salto, e eu com 1,60 m se me endireitasse, pele cor de oliva de herança desconhecida e cabelos escuros encaracolados que se recusavam a cooperar. No elevador, aconselhei Becca a não deixar Joe atingi-la; que ele estava tentando irritá-la e que ela estava dando a ele o que ele queria.

— Mas, Jamie — disse ela com os olhos cheios de lágrimas —, estamos falando das minhas meninas! Se eu não protegê-las, quem o fará?

— Eu entendo sua preocupação, mas vai ficar tudo bem. As meninas têm o direito de ter o pai na vida delas. Se ele sair da linha, o juiz será duro com ele. Você está mantendo um registo de tudo o que acontece, como eu lhe disse?

Ela assentiu com a cabeça silenciosamente. O elevador havia chegado ao saguão e as pessoas estavam tentando entrar antes que pudéssemos sair. Ah, que ótimo!

Dei um tapinha no braço de Becca para tranquilizá-la.

— Tenho que passar no escritório do escrivão agora, ok? Nos falamos em breve. Você consegue encontrar o caminho de volta para o seu carro?

Becca assentiu novamente com a cabeça. Seu rosto pálido parecia de outro mundo sob as luzes fluorescentes. Enquanto ela se afastava, sem se importar com a multidão que a rodeava, de repente tive um mau pressentimento em relação a ela, mas dei de ombros.

Pare com isso, Jamie! Quando se der conta, estará comprando cartas de tarô e um tabuleiro Ouija...

Arrastei-me de volta ao escritório do escrivão para discutir sobre uma papelada perdida.

CAPÍTULO 3

Foi estranho voltar ao meu escritório depois de tanto tempo de folga. Quando estava neste hiato, eu nunca tinha certeza de que dia era, mas não importava, já que eu não tinha que ir a lugar nenhum. A verdade é que eu mal saía de casa — a casa que minha mãe deixou para mim —, a menos que tivesse que sair, mas agora eu me sentia bem por ter uma razão para acordar todas as manhãs e por ter pessoas que precisavam de mim — apesar de sentir falta de um calendário sem compromissos. Havia tantas possibilidades naqueles espaços em branco. Não que eu tenha aproveitado isso.

Não me interpretem mal, eu estava muito estressada lidando com a morte da minha mãe, mas era um tipo diferente de estresse. Naquela época, eu estava completamente absorta em meu sofrimento; agora, eu estava estressada porque todos queriam um pouco de mim. Por falar em estresse, permita-me que eu lhe apresente a Lisa. Ela é a recepcionista do nosso escritório compartilhado, uma funcionária nova, contratada enquanto eu estava fora. Ela também é uma confusão e tanto. Lisa é muito querida, mas não é a lâmpada mais brilhante do candelabro. Isso não me incomoda tanto quanto sua tendência em chorar assim que algo dá errado. Ela também chora se acha que algo *pode* dar errado. E às vezes chora quando fala ao telefone com o noivo. Eu não tenho muita paciência, e preciso reservá-la para os meus clientes. Não tenho o suficiente para cobrir Lisa também.

Você imaginaria que meu contato com ela seria limitado, uma vez que tudo o que ela faz para mim é anotar mensagens telefônicas e me entregar minha correspondência — ela nem sequer precisa abri-las. Mas de alguma forma, ainda estou sujeita às lágrimas dela pelo menos uma vez por dia. Antes que você conclua que a pobre garota deve estar deprimida, eu lhe digo que já considerei isso, mas ela não *age* como alguém deprimida; ela parece estar bem. Eu estava confusa com a situação dela até ler um artigo sobre adultos que continuam usando mecanismos de defesa da infância para lidar com seus problemas. Ah, isso explica tudo! Agora, se eu pudesse encontrar um artigo sobre como fazê-la parar de chorar.

Eu estava de volta à minha mesa depois da manhã difícil com Becca. Eu odiava perder no tribunal, todos os advogados odeiam, mas eu levo isso a sério. Pode se dizer que fico obcecada, o que não ajuda nem um pouco na minha insônia crônica. Acho que preciso pensar em *algo* quando acordo às três da manhã, mas essas não são horas faturáveis.

Houve uma batida na porta do meu escritório seguida por uma risadinha.

— Entre.

— Tem uma pessoa querendo falar com você, Jamie.

Lisa parecia mais feliz do que nunca, com os olhos

brilhantes e um rubor destacando suas bochechas redondas. Até o cabelo dela parecia mais bonito. Ela olhou por cima do ombro e riu novamente.

— Ele disse que o nome dele é *Marmaduke!*

— É isso mesmo, Docinho, Marmaduke Broussard, o Terceiro, ao seu dispor. — Duke sorriu para Lisa, depois entrou e sentou-se.

— Jamie, por que você não me disse que tinha uma recepcionista tão gostosa? Eu teria vindo antes — disse Duke.

Lisa foi dominada por um ataque de risadinhas, ficando vermelha.

Eu ri.

— Nada de dar em cima dos funcionários, Duke. Além disso, Lisa é comprometida, está prestes a se casar.

— Ótimo! — disse Duke. — Mas se mudar de ideia, querida, avise-me — completou, piscando para ela de forma provocante.

Acenei para ela e Lisa fechou a porta com relutância.

— Fico espantada por você não ser espancado diariamente por namorados ciumentos — disse eu, sorrindo para o meu antigo cliente, agora amigo. Eu salvei Duke de sua ex-esposa furiosa e ele me ajudou muito quando meu primo Adam estava em apuros.

— Desde que eu possa correr mais rápido que eles, eu vou ficar bem — brincou.

Duke sabia como tratar as mulheres, e foi assim que ele se casou três vezes. Ele parecia muito bom para um cara que passava todo o seu tempo livre bebendo em um bar chamado *"The Big Easy"*. Imagine um cara estilo pirata, por volta dos trinta e cinco anos, cabelo castanho na altura dos ombros, dentes perfeitos e olhos verdes risonhos. Ele sempre usava um colar de dentes de tubarão e suas botas de crocodilo favoritas. Você provavelmente já o viu. Ele anda por aí como investigador particular.

Afastei a pilha de arquivos na minha mesa para que pudéssemos nos ver. Além disso, com os arquivos fora de vista, eu não precisava me sentir culpada pelo trabalho que não estava fazendo.

— Tem alguma novidade para mim, Duke? Ou você só passou para flertar com a nossa recepcionista? — provoquei.

— Ai, Jamie! Você sabe que eu venho aqui para vê-la. Na verdade, eu estava esperando que você me pagasse o almoço, estou morrendo de fome.

— Claro, eu adoraria sair daqui. Você gosta de comida tailandesa? Tem um lugar novo a alguns quarteirões daqui — disse e peguei minha bolsa.

— Parece-me ótimo — disse ele, empurrando a cadeira para se levantar. — E enquanto estivermos lá, posso falar sobre meu brilhante trabalho de detetive.

— Não me diga que você sabe onde meu pai está! — Eu não conseguia esconder a empolgação na minha voz.

— Pague-me o almoço e você vai descobrir.

CAPÍTULO 4

— Por que você é tão mau?

Nós estávamos indo para o *Try My Thai* no meu Mini Cooper e Duke não respondeu a nenhuma das minhas perguntas.

— Por que você está tão impaciente? — contra-atacou ele. — Chegaremos lá em cerca de dez segundos. Meu, espero que eles tenham camarões vivos pois quero que aqueles otários pulem direto na minha boca! Vejo você aí rindo, achando graça no que eu falo.

— Desde que você se divirta, é só isso que importa — eu disse, estacionando o carro. — Vamos, Sr. Hilário.

A comida chegou rápido e começamos a comer imediatamente.

— Comece a falar, Duke — pedi —, ou é *você quem vai me* pagar o almoço.

Duke inspirou profundamente.

— Esta coisa cheira tão bem quanto seu sabor, e é bem picante também! Boa escolha. — Ele me lançou um sorriso perverso enquanto devorava sua comida.

Eu podia ver que ele estava planejando arrastar isso.

— Reparou na decoração? — perguntei. — Como todas os quadros na parede são feitos de gravatas de seda... isso não é legal?

— Claro que é. Vai comer esse rolinho primavera? Balancei a cabeça e entreguei-lhe.

— Qual gravata você gostou mais, Duke? Ele olhou ao redor.

— Não sei, talvez aquela laranja, parece uma viagem de ácido ruim — disse ele, rindo. — Por que a pergunta?

— *Porque essa é a gravata que vou usar para estrangular você se não me disser algo em breve.*

Duke começou a rir tanto que achei que ele ia engasgar com a comida.

— Você deveria ver sua cara, Jamie, não...espere, lá vai...

Antes que eu percebesse o que ele estava fazendo, Duke tirou uma foto minha com seu celular. Ele me mostrou e eu comecei a rir também. Ele mexeu no celular por um minuto e então disse:

— Pronto... agora toda vez que você me ligar vai aparecer essa foto. Mal posso esperar!

Enxuguei meus olhos; risadas e comidas picantes sempre me afetam.

— Ouça amigo, se começar a engasgar outra vez, não irei salvá-lo.

— Então nunca saberá o que eu ia lhe dizer.

— É verdade — disse, terminando calmamente o meu panang vegetariano.

— Está bem — disse ele. — Foi divertido, mas cansei de torturá-la. Primeiro, devo lhe dizer que você não me deu muita informação para eu começar.

Quero dizer, você disse que o nome do seu pai era Bill Frank, e esse nem é o nome verdadeiro dele.

— O quê?

— Espere aí, Jamie, já vou chegar lá. Comecei com as coisas fáceis. Ele não está registrado para votar em nenhum estado, não tem carteira de motorista na Flórida e também não há registro de casamento... já que seus pais não eram casados.

— Então o que você fez em seguida? — Eu estava prestando atenção em cada palavra de Duke, e ele sabia disso.

— Lembrei que você disse que sua mãe o conheceu em um protesto político em Miami, e que ambos foram presos. Demorei muito tempo para descobrir, mas finalmente encontrei um registro de prisão. O verdadeiro nome de seu pai é *Guillermo Franco* e ele nem é um cidadão americano, ele é cubano.

— Uau, Duke! Você é incrível! Onde é que ele está agora? O que é que ele está fazendo? Onde ele esteve esse tempo todo? Ah meu Deus, eu nem sei por onde começar... — Eu estava chorando de novo, desta vez de verdade.

Duke balançava a cabeça com cautela, abalado com minhas lágrimas.

— Desculpe, querida, ainda não sei nada disso. Ainda estou trabalhando nisso, mas tenho algo para lhe mostrar. — Ele enfiou a mão no bolso, tirou um pedaço de papel e me entregou.

Ao desdobrá-lo, percebi o que era. Um homem com cabelo preto ondulado e pele de oliva posava para a câmera. Tive uma sensação estranha, como se eu estivesse olhando nos meus próprios olhos. Eu finalmente tinha uma foto do meu pai.

CAPÍTULO 5

Foi surreal segurar uma foto do meu pai depois de tantos anos imaginando-o. Isso vai parecer algo bobo, mas quando eu era pequena, costumava procurá-lo em todos os lugares — em multidões, na televisão, na escola. Ele poderia ser qualquer um, e cabia a mim encontrá-lo. Era um jogo que eu costumava jogar: se eu o reconhecesse, então ele ficaria. Claro que eu nunca o encontrei, e isso fez com que eu me sentisse incompleta de alguma forma, inacabada, como um quebra-cabeça com peças faltando. Ninguém conseguia entender como eu me sentia, nem mesmo os meus amigos cujos pais eram divorciados, porque eles pelo menos tinham os dois pais. Agora o jogo tinha acabado e descobri que meu pai era a mesma pessoa que sempre foi, um cara comum que não queria ser meu pai. Quero dizer, por que ele não fez nenhum esforço para *me* encontrar nos últimos trinta e três anos? Eu não estava escondida, eu estava morando em Hollywood desde o dia em que nasci.

— Você não vai dizer nada? — perguntou Duke. — Não acredito no que estou vendo... Jamie, a advogada, está sem palavras!

Não pude evitar; desabei a chorar e corri para o banheiro, deixando Duke na mesa com a boca aberta. Enquanto eu estava de pé sobre a pia chorando, parte de mim ainda era racional o suficiente para se questionar o que eu esperava conseguir procurando pelo meu pai. Eu tinha fingido que era apenas um mistério a ser resolvido, uma maneira de satisfazer uma curiosidade que eu carregava ao longo da minha vida, mas isso não era verdade. Eu estava procurando porque precisava saber quem eu era e de onde eu vinha. O problema era com aquela garotinha. Ela ainda estava jogando o jogo, ainda estava tentando encontrar seu pai, mesmo que ele partisse seu coração no final.

— Está tudo bem aí dentro? — Duke estava do lado de fora do banheiro. Pobre rapaz, ele tinha feito tanto por mim e eu acabei pirando completamente na frente dele.

— Desculpe-me se a aborreci — continuou ele. — Sabe, ser meio cubana não é assim tão ruim... Eu acho as garotas cubanas sexy!

Isso me fez rir. Deixe que Duke entenda tudo errado. Ele só conhecia uma maneira de ver as coisas, isso era fato. Lavei o rosto e assoei o nariz antes de abrir a porta.

— Esqueci de dizer que comida picante me faz chorar — eu disse, tentando manter uma cara séria.

— Bem, isso me parece uma informação muito importante, Jamie. Se é assim que vai ser, então, caramba, eu escolho o restaurante da próxima vez. — Duke deu uma piscadinha para mim. Talvez ele não tenha entendido errado.

Tinha sido um dia muito agitado — e ele estava apenas na metade. Paguei a conta e voltamos para o meu escritório.

CAPÍTULO 6

Passei a tarde em minha mesa atendendo às ligações e redigindo petições, mas minha mente estava em outro lugar, preocupada com o enigma do meu pai. Duke se ofereceu para continuar investigando, mas pedi-lhe para esperar um pouco. Depois do meu colapso embaraçoso no almoço, talvez eu não estivesse pronta para saber de mais nada. Ou talvez a melhor coisa a fazer fosse enfrentar e resolver de vez esse problema irritante. Eu não conseguia mais pensar direito. Passei tanto tempo dando conselhos aos meus clientes e ajudando-os a tomar decisões que estava muito esgotada para lidar com minhas próprias coisas. O que eu precisava era de alguma perspectiva, alguma distância e, possivelmente, um pouco de psicanálise, mas acima de tudo, eu precisava de umas boas risadas. Eu precisava da minha amiga Grace. A melhor maneira de conversar com ela durante o dia era por mensagens de texto. Ela trabalhava em Fort Lauderdale, em uma grande corretora de valores que a mantinha ocupada, mas normalmente conseguia responder a uma mensagem.

Hola Amiga! Adivinhe o que eu descobri hoje? Aliás, acabei de lhe dar uma pista...

Hmmm... você gosta de comer no Chipotle? Está morrendo de vontade de tomar uma Frozen Margarita?

Não está nem perto, Grace...

Dê-me outra pista.

Estou pensando em fazer aulas de salsa e merengue porque está no meu "sangue".

Vai fazer um teste para "Dancing with the Stars"? Já sei: você é uma vampira cubana!

Você quase acertou...

Você é uma vampira? Uau, Jamie!!

Isso não é "Crepúsculo", Grace. Não, eu descobri que meu pai é cubano.

Você está brincando! Um cubano chamado Bill Frank?

Também conhecido como Guillermo Franco

Incrível! O que mais você descobriu?

Nada. Não tenho certeza se quero saber mais.

Não seja medrosa! Claro que quer! Não tem alguém de quem a sua mãe era próxima na época?

Como é que eu vou saber? Eu ainda não tinha nascido. Rsrs

Pense, Jamie! Até eu consigo pensar em alguém...

Não faço a menor ideia.

E a irmã dela? Sua tia Peg?

Peg nunca mencionou meu pai.

Aposto que você nunca perguntou.

Não, nunca.

Pois então pergunte! Depois podemos sair para comer comida cubana e celebrar sua herança.

> *Tudo bem, eu acho...*
> *Hasta la vista baby*
> *Sim, sim...*

Não faria mal nenhum falar com Peg; eu lhe devia uma ligação de qualquer maneira. Depois que minha mãe morreu há um ano, não nos víamos muito porque ambas estávamos de luto à nossa maneira. Mas quando o filho dela, Adam, foi acusado de assassinato, isso nos uniu bem rápido. Agora, eu tentava jantar com eles pelo menos uma vez por mês para podermos colocar a conversa em dia.

Decidi arrumar tudo mais cedo e ir para casa. Tinha sido um dia difícil e eu podia sentir uma dor de cabeça florescendo atrás dos meus olhos. Tomei duas aspirinas e liguei para a minha tia do meu celular. Eu podia andar e falar sem tropeçar a maior parte do tempo. Depois de conversarmos sobre como Adam estava se saindo na *Broward College* e o quanto tia Peg amava sua nova turma de alunos da segunda série, ela perguntou quais eram as minhas novidades. O fato de ela soar como a minha mãe me fez recuperar o fôlego. Tive medo de começar a chorar novamente, mas engoli o choro.

— Está tudo bem? - perguntou ela, preocupada.

— Estou bem, não se preocupe. Posso lhe perguntar uma coisa, tia Peg?

— Claro, Jamie.

— Bem, hmmm, eu estava pensando... você sabe alguma coisa sobre meu pai?

Houve um longo silêncio, tão longo que pensei que a ligação tinha caído.

— Sim — ela finalmente respondeu. — E tenho uma coisa para você que guardo há algum tempo.

— Agora estou curiosa, o que é?
— Se você vier aqui, eu lhe mostro.

CAPÍTULO 7

Não me lembro de dirigir até a casa de minha tia. Pelo que sei, o carro foi sozinho até lá. No caminho, fiquei me perguntando porque nunca tinha perguntado a ela sobre meu pai, considerando que ela e minha mãe eram tão próximas. Minha mãe sempre protegeu sua irmã mais nova, especialmente mais tarde, quando o divórcio de Peg a deixou completamente arrasada e cuidando de um filho autista sozinha. Tenho certeza de que Peg também ajudou minha mãe em alguns momentos difíceis, mas eu era muito nova para me lembrar. Suponho que quando conhecemos alguém a vida inteira, nunca nos ocorre fazer perguntas sobre seu passado. Seria estranho, como se estivéssemos entrevistando-o para uma revista, ou como se estivéssemos apenas sendo intrometidos. Na maioria das vezes, assumimos que já sabemos tudo sobre eles. Mas, como estou aprendendo, todo mundo tem seus segredos.

Tia Peg me recebeu na porta com um abraço e me convidou para sua sala aconchegante, onde nos sentamos juntas em seu sofá confortável.

— Jamie, eu fiz uma promessa à sua mãe e a cumpri, embora tenha sido difícil. Ela queria que você soubesse quem é o seu pai, mas não até que você estivesse pronta.

— Isso é ridículo! Então você nunca ia me dizer nada a não ser que eu lhe perguntasse?

Ela olhou para as mãos cruzadas em seu colo e não disse nada.

Pulei do sofá e comecei a andar de um lado para o outro.

— Por acaso eu sou uma criança? Eu tenho trinta e três anos, tia Peg! Acho que consigo lidar com o que quer que isso seja. Qual é a história? Ele é um traficante de drogas? Um criminoso de guerra? Quero dizer... mas que diabos?

Sentei-me outra vez.

— Desculpe, a culpa não é sua e eu não deveria descontar em você.

Minha tia me olhou e abriu um pequeno sorriso.

— Está tudo bem, Jamie. Eu teria feito o mesmo... ou pior. Mas estou feliz por finalmente poder lhe dar isto. É uma carta da sua mãe.

Eu não estava esperando por isso. Já tinha sido difícil ouvir a voz da minha mãe na minha secretária eletrônica depois que ela morreu; como eu poderia ler uma carta dela? Eu a desdobrei cuidadosamente e me obriguei a ler devagar, lutando contra a vontade de correr os olhos por ela e devorar cada palavra. Ver a bela caligrafia dela me rasgou quase tanto quanto suas palavras.

8 de maio de 2012
    Minha querida Jamie,
    É tão estranho lhe escrever uma carta quando você está bem aqui, dormindo no quarto ao lado.

Acabei de perceber que nunca lhe escrevi nada e lamento que esta seja a minha primeira e última carta para você; é como um filme piegas no canal Lifetime.

Sempre fomos capazes de conversar uma com a outra sobre qualquer coisa, com uma exceção, e isso é culpa minha. Jamie, não consigo lhe dizer o quanto lamento por nunca ter falado sobre seu pai. Ainda não consigo fazer isso pessoalmente — mesmo agora que o tempo está se esgotando. É egoísmo da minha parte, eu sei, mas eu nunca quis magoá-la, e continuo não querendo.

Quando você era pequena, costumava perguntar constantemente sobre seu pai. Era doloroso para mim ter que mentir para você. Por fim, você parou de perguntar, e isso também me fez sofrer, mas por uma razão diferente. Sempre planejei falar com você sobre ele, mas nunca parecia ser o momento certo. Tenho certeza de que sua mente está acelerada agora, imaginando um milhão de coisas, então deixe-me tranquilizá-la, seu pai é um homem bom e eu lamento todos os dias que ele não possa fazer parte da sua vida.

O nome dele é Guillermo Franco, mas ele costumava ser Bill Frank. Nós nos conhecemos em 1978, em um comício político em Miami que minha amiga Carmen me convenceu a ir. Carmen é cubana e ainda tinha família lá. Ela era muito apaixonada pela causa deles. As coisas estavam ruins para os cubanos, tanto em Cuba quanto nos EUA, para onde eles fugiram para se refugiar do regime de Castro. Esse foi o ano em que os cubanos exilados em Nova York bombardearam a Missão

Cubana nas Nações Unidas. Essa foi uma época tensa.

Assim que cheguei ao comício, eu quis ir embora. Estava um caos total e não ajudou em nada eu não saber falar espanhol. Quando perdi a Carmen no meio da multidão, entrei em pânico. Eu estava sendo empurrada em todas as direções até que alguém entrou na frente e começou a empurrar as pessoas para longe de mim. Eu me virei e me vi olhando nos olhos mais gentis que eu já tinha visto. Ele tinha apenas vinte anos, assim como eu, mas parecia tão seguro de si. Ele me disse para ficar perto, que ele me manteria segura, e eu acreditei nele. Bill era um estranho, mas eu confiei nele imediatamente. Mesmo quando a polícia chegou e fomos presos, ele ainda estava cuidando de mim.

Depois que fomos liberados no dia seguinte, Bill e eu começamos a passar muito tempo juntos. Nosso relacionamento foi ainda mais intenso por causa da agitação política e do envolvimento de Bill na causa cubana. Ficamos juntos por um ano e estávamos incrivelmente felizes, mas então, em 11 de junho de 1979, tudo desmoronou. Vários cubanos tentaram entrar à força na embaixada venezuelana e a polícia abriu fogo. Uma pessoa ficou ferida e as outras foram presas, incluindo Bill. Eles o deportaram e eu nunca mais o vi. Um mês depois, descobri que estava grávida de você.

Todos esses anos, eu continuei esperando por notícias dele, mas elas nunca chegaram. Só posso supor que ele esteja morto ou na prisão. Então, veja, esta não é uma boa história para contar a uma garotinha sobre o pai dela. Eu não conseguia nem inventar um final feliz, então guardei isso para mim.

Bill era (é?) uma pessoa maravilhosa e você o amaria, assim como ele amaria você. Eu sei que você sempre desejou ter um pai e eu lamento não poder lhe dar o seu. Vejo muito dele em você: sua bondade, seu senso de humor e sua capacidade de se relacionar com qualquer pessoa. E ele gostava de ler ficção científica, assim como você.

Espero que possa me perdoar, Jamie. Eu gostaria que as coisas tivessem sido diferentes, mas foi assim que tudo aconteceu. Você é a pessoa mais importante da minha vida e eu sou muito grata por tê-la como filha. Acho que você já sabe disso.

Com todo o meu amor,
Mãe

CAPÍTULO 8

Li a carta duas vezes, tentando fazer com que as palavras grudassem no meu cérebro, mas elas continuavam se separando. Eu não conseguia entender os conceitos. Coisas como *prisão, mortos, sem final feliz* — não podiam ser verdade, eu não queria que fossem verdade. Durante toda a minha vida eu procurei por um homem que nem sabia que eu existia.

— Você está tão pálida, Jamie. Você está bem? — minha tia perguntou. — Eu sei que é muito para...

— Desculpe-me, mas eu tenho que ir.

Ela pegou minha mão e a apertou.

— Por que você não fica para o jantar? Adam logo estará em casa com os cachorros. Sei que ele adoraria ver você.

Eu balancei a cabeça.

— Não posso, tia Peg. Neste momento eu preciso ficar sozinha.

Na curta viagem de carro até minha casa na Polk Street, tentei clarear minha mente e não pensar em nada. Quando isso não funcionou, fiz o único exercício de meditação que conhecia, concentrando-me na respiração enquanto repetia: "Estou inspirando, estou expirando". Antes que eu percebesse, eu estava em casa. Estar em casa geralmente faz eu me sentir melhor, mas quando abri a porta, lá estava ele, o Sr. Patas. Além de herdar a casa da minha mãe, eu também herdei o gato dela, um gato que se esforçava para me fazer sentir uma hóspede indesejada. Quando eu costumava visitar minha mãe, ele sibilava para mim, e eu sibilava de volta. Minha mãe apenas ria e dizia: "Vocês dois não podem se dar bem nunca?"

Agora que eu era a pessoa que o alimentava, ele tinha parado de sibilar, mas isso não significava que gostávamos um do outro. Eu mudei o nome dele para "Sr. Pé no Saco" para combinar com sua personalidade, o que não o fez gostar menos de mim, mas só porque isso não era possível.

Depois de alimentar a criatura ingrata, tentei assistir TV, mas não consegui me concentrar. Eu não estava com fome, então decidi tomar um banho e ir para a cama. Não que eu esperasse dormir muito (dormir não é o meu forte), mas eu estava exausta e precisava de uma pausa do mundo real.

Se este fosse um filme da minha vida, o roteiro seria "cortado para sequência de sonhos" e então uma cena bizarra se desenrolaria...

Estou no meio de uma multidão procurando meu pai. Eu sei que ele está lá, mas não consigo encontrá-lo. Todo mundo é mais alto do que eu e algumas pessoas têm rostos de animais, o que me assusta. Eles me empurram e passam por mim como se eu fosse invisível. Alguém está gritando, mas eu não consigo entender nada. Estou começando a entrar em pânico e então vejo uma mulher que me parece familiar. Eu tento chamar sua atenção e, de re-

pente, ela está ao meu lado. É Becca Solomon, mas ela parece diferente. Seus olhos estão pretos, como olhos de peixe, e há sangue em suas roupas. Ela diz: "Eu lhe avisei, mas ele não quis me ouvir", e então ela desaparece. A multidão diminui; um homem está caminhando em minha direção. Ele não se parece com meu pai, mas de alguma forma eu sei que é ele. Sinto que posso respirar novamente. Ele sorri para mim e a multidão desaparece...

Acordo me sentindo descansada e em paz. O lado esquerdo do meu corpo está mais quente que o direito, o que me parece estranho até eu perceber que o gato está na cama comigo, ronronando baixinho. Eu faço um carinho nele e ele passa o rosto na minha mão. Minha vida fica cada dia mais estranha.

CAPÍTULO 9

A BELEZA DE TRABALHAR PARA SI MESMA É QUE eu posso fazer meu próprio horário e definir minha própria agenda. O perigo está em me tornar uma tremenda preguiçosa. Admito que é um terreno perigoso. Um dia você decide ir com calma, chega tarde, falta no trabalho e, no dia seguinte, você está viciada em *"Days of Our Lives"*, tomando sorvete direto da embalagem de pijama. Não que eu já tenha feito isso.

Se alguém merecia um dia de saúde mental naquela sexta-feira, esse alguém era eu. Acho que todos podemos concordar com isso. E eu nem iria folgar o dia todo; eu planejava entrar ao meio-dia. Verifiquei meu e-mail também, então eu meio que estava trabalhando. Felizmente, só um e-mail precisava de resposta e era o de Becca. Estremeci, lembrando-me do meu sonho, mas um gole rápido de café quente me trouxe de volta à realidade. A pergunta dela era: ela tinha que entregar as crianças a Joe se ele aparecesse bêbado? Ele sempre saía às quintas-feiras à noite com os amigos e ficava bêbado (palavras dela), e ela temia que ele ainda estivesse bêbado na hora de buscá-las pela manhã.

Em retrospecto, um diploma em psicologia ou aconselhamento teria sido útil porque tive que aprender essas coisas no trabalho.

*Não, eu escrevi para Becca, você definitivamente não deve entregar as crianças a Joe se ele estiver bêbado, MAS é preciso que haja a comprovação de sua condição. Talvez você deva ter uma terceira pessoa para comprovar essa determinação. **Não deve ser seu namorado, Charlie**. Mantenha um registro de tudo o que acontece e lembre-se: Joe é o pai de suas filhas. Eu sei que é difícil, mas vocês dois têm que encontrar uma maneira de serem pais juntos pelo bem de suas filhas. Espero que após o divórcio a tensão diminua.*

Então, com a satisfação de ter feito um trabalho completo em cinco minutos, levei meu café e um livro para o pátio para que eu pudesse absorver alguns raios de vitamina D e relaxar. Devo ter adormecido em algum momento porque perdi várias chamadas. Uma era do meu escritório e duas eram de Becca. Lá se foram as horas que tirei para mim. Foi difícil decidir o que era mais desagradável, falar com Lisa, que poderia estar chorando, ou com Becca. Foi um empate. Como concessão, ouvi a mensagem de voz de Becca. Em sua primeira mensagem, ela parecia irritada. Joe não tinha aparecido para ir buscar as crianças e já estava uma hora atrasado. Mas a segunda mensagem dela era alarmante. Ela parecia histérica e disse que a polícia estava à porta dela, e se eu poderia ligar para ela imediatamente. Meu coração começou a acelerar como sempre acontece em uma crise, seja minha ou de qualquer outra pessoa, então eu apertei o botão para retornar a chamada e esperei nervosamente que ela atendesse.

— Becca? É a Jamie. O que está acontecendo?

— Jamie... a polícia está aqui, não posso falar agora. — Ela parecia estar chorando.

— Mas o que foi? O que aconteceu?

Ela soluçou.

— É o Joe... ele está morto!

CAPÍTULO 10

Eu fiquei chocada. O que poderia ter acontecido? Talvez um acidente de carro ou um crime violento, ou um ataque cardíaco? Caras mais jovens que Joe caíam mortos de uma hora para outra. É por isso que eles chamam esses primeiros ataques de "fabricantes de viúvas". Bem, não haveria mais brigas agora, e também não haveria divórcio. Aquelas pobres crianças, Leah e Lainie, já tinham passado por tanta coisa e agora perder o pai... era trágico. Não havia muito o que eu pudesse fazer por aquela família, a não ser deixá-las viver o luto. Claro que se Becca precisasse de alguma coisa, eu tentaria o meu melhor para ajudá-la.

Ocorreu-me que eu ainda não tinha terminado de preparar o pedido da nossa última audiência. Agora não precisava mais, em vez disso, eu ia apresentar uma anulação. Embora eu achasse que já tinha visto de tudo, esta situação era nova para mim, e eu precisava pensar sobre ela. Porque Becca e Joe ainda estavam casados no momento de sua morte e não havia acordo pré-nupcial, ela herdaria todos os bens comuns. Além disso, Joe tinha uma apólice de seguro de vida com sua esposa e filhas como beneficiárias, de modo que isso entraria em vigor. E por fim, as meninas tinham direito a receber benefícios por morte da Previdência Social por meio do pai até completarem dezoito anos. Becca ficaria bem financeiramente, mas emocionalmente, ela e suas filhas tinham um longo caminho pela frente.

Pensar naquelas meninas que perderam o pai era praticamente demais para mim. Será que meu próprio pai ficou em uma prisão cubana por todos esses anos? Como eu poderia não procurá-lo agora que eu sabia? E o quão terrível seria encontrá-lo, e ser impotente para fazer qualquer coisa? Eu gostaria que minha mãe tivesse me falado sobre ele antes, mas eu entendia os motivos dela. Ela sabia que eu não deixaria isso para lá, que eu não pararia até encontrá-lo e que isso só poderia me decepcionar.

Talvez eu pudesse encontrar a resposta rapidamente e acabar com isso. Se eu soubesse que meu pai estava morto, pelo menos eu teria um encerramento e não ficaria me questionando pelo resto da minha vida. Quem eu estava enganando? Nada nunca foi fácil, mas pelo menos eu tinha alguns recursos que eu poderia usar. Havia advogados de imigração que eu podia ligar, eu tinha Duke, Grace e todas as suas conexões, e eu tinha a Internet. E eu não poderia ter vivido em um lugar melhor. Havia cerca de um milhão de cubanos no sul da Flórida, muitos deles com parentes em Cuba; certamente, um deles poderia me ajudar a encontrar meu pai.

Ao que parece, eu não iria mesmo ao escritório. Sentei-me em frente ao computador com uma xícara de café fumegante e um gato no colo (sim, foi o que eu disse) para começar a fazer listas. Estava na hora de começar o "Projeto Pai".

CAPÍTULO 11

Não tenho vergonha de dizer que comecei com a Wikipédia. Eu queria ter uma visão geral da situação política em Cuba e também da história desde que Castro assumiu o poder. Eu estava principalmente interessada em uma repressão contra os dissidentes cubanos que ocorreu em 2003 conhecida como "Primavera Negra", onde o governo prendeu setenta e cinco dissidentes, incluindo jornalistas e professores, que foram posteriormente adotados pela Anistia Internacional como prisioneiros de consciência. Os prisioneiros acabaram sendo libertados e exilados para a Espanha, exceto os que morreram na prisão. O site listava todos os prisioneiros, mesmo os mortos, mas o nome do meu pai não estava entre eles.

Procurei então organizações locais que pudessem me ajudar e a primeira que encontrei foi *"The Cuban Liberty Council"* em Miami, que se dedicava a promover a democracia em Cuba e prestar assistência a grupos de direitos humanos e oposição em Cuba. Isso me pareceu promissor. Continuei procurando e encontrei uma ainda melhor: a "Free Cuba Foundation", uma organização sem fins lucrativos/não partidária que trabalha para o estabelecimento de uma Cuba independente e democrática através de meios não violentos. Seus objetivos eram fornecer informações sobre a situação dentro de Cuba; fornecer uma plataforma para ativistas de direitos humanos e democracia; e fornecer um meio para a comunidade da Internet se engajar em campanhas para libertar presos políticos, ou para melhorar suas condições. *Eles também forneceram uma lista dos atuais prisioneiros políticos.* Fiquei aliviada ao ver que meu pai também não estava nessa lista. Isso não quer dizer que ele não poderia estar na prisão por algum outro motivo.

Eu sabia que era um tiro no escuro, mas também pesquisei o nome do meu pai no SSDI (Índice de Óbitos da Previdência Social). Ele não teria um número de seguro social a menos que estivesse aqui legalmente ou como um cidadão, e ele não estaria no SSDI a menos que fosse um cidadão *morto*, então não fiquei surpresa quando não apareceu nada. Eu até o procurei no Facebook. Eu estava decidindo o que fazer a seguir quando meu celular tocou. Era uma mensagem da Becca. Finalmente! Fazia mais de três horas desde que tínhamos nos falado.

Desculpe por não ter ligado, dizia a mensagem, *mas estou muito chateada para falar com alguém. A polícia acha que Joe morreu de overdose. Eles só terão certeza depois da autópsia. Minhas meninas não param de chorar. Isso é tão horrível...*

Uma overdose? Por essa eu não esperava. Joe não parecia ser desse tipo — um bêbado, sim, mas não um drogado. E ele também não me parecia um suicida. Eu sei que ele estava ansioso para ver as filhas, e parecia que ele gostava de fazer Becca se sentir infeliz.

Enviei minhas condolências por mensagem de

texto: *Meus sentimentos, Becca. Essa é uma notícia terrível! Por favor, avise-me se eu puder ajudar de alguma forma. Não hesite em me ligar. Meus sinceros sentimentos, Jamie.*

Como você pode ver, nós, advogados de direito de família, temos uma visão distorcida do mundo. E como não poderíamos ter? Todos ao nosso redor estão agindo como loucos; mentindo o tempo todo, brigando por coisas estúpidas como fornos micro-ondas ou trens de brinquedo que eles dizem ser relíquia de família. Para o bem da nossa sanidade, às vezes temos que nos afastar, sair com pessoas divertidas. Minha pessoa divertida era a Grace, e era por isso que eu a tinha na discagem rápida.

— Já está na hora do happy hour? — perguntei, quando ela atendeu.

— Imagino que já são cinco horas. O que você vai querer? Uma Cuba Libre?

— Está mais para um Rum Runner congelado.

— É para já, Amiga. Ainda bem que hoje é a Noite Latina no Tekila's! Vejo você em meia hora.

Troquei de roupa e fui em busca da minha dose de sanidade. O primeiro lugar que eu planejava procurá-la era dentro de um copo alto, com uma cereja em cima.

CAPÍTULO 12

O Tekila's é um bar casual no Hollywood Boulevard que tem um tema diferente a cada noite. É também um restaurante mexicano. Grace e eu gostamos de ir lá às sextas-feiras na Noite Latina porque adoramos a música animada e ver as pessoas divertidas e peculiares dançando. Não que dançássemos. Acho que andar sem tropeçar já é um desafio e tanto. Felizmente, meu nome não é Grace, por isso não tenho toda essa pressão.

Mal podia esperar para relaxar com minha melhor amiga e conversar sobre nossa semana, embora eu não tivesse intenção de falar sobre Becca. A história triste dela era a razão pela qual eu precisava fugir em primeiro lugar.

A cidade de Hollywood tem cerca de 70 km no total, por isso tudo é perto. Só demorei 20 minutos para chegar ao Tekila's, mesmo com o trânsito no horário de pico. Grace já estava sentada no bar envernizado, vestida com suas roupas "casuais de sexta-feira", que ainda eram bem chiques, bebericando uma Margarita com gelo e sal extra. Eu podia ver o Rum

Runner congelado no bar, esperando por mim. O copo ainda nem sequer tinha começado a suar.

— Uau! — eu disse, deslizando para o banco do bar. — Como você chegou aqui tão rápido? Mochila a jato?

Aproximei minha bebida e coloquei o canudo na boca. Instantaneamente, o Rum Runner doce, azedo e gelado começou a deslizar sobre minha língua, entorpecendo-a e me empolgando ao mesmo tempo. Suspirei de contentamento. Engraçado como algo tão gelado podia fazer eu me sentir tão quente.

— Eu me teletransportei — disse Grace com uma risada. — Tente evoluir comigo, Jamie, ok? Na verdade, eu estava aqui do lado pegando uma transcrição. Tenho um grande julgamento chegando e meu cliente está me dando uma úlcera. Se continuar assim, terei que começar a comprar o antiácido Rolaids aos montes.

— Pobrezinha! — eu disse, dando-lhe uns tapinhas no braço com minha mão fria e molhada. Ela puxou o braço e eu ri.

— E-ei! — protestou ela.

— Só estou tentando tirar sua mente de seus problemas. De nada — eu disse e então voltei a sugar minha bebida.

— Espero que seu cérebro congele — disse Grace, com naturalidade.

— Ah, é o que estou querendo, mas isso não vai me impedir de pedir outro. Como está sua Margarita, senhora? Ela atende aos seus altos padrões?

Grace bufou.

— Meus padrões são bem baixos quando se trata de Margaritas. Só preciso de uma dose de tequila e um pouco de sal para ficar feliz.

— Por falar em padrões baixos — eu disse, sinalizando para Jan, nossa bartender favorita, para outra rodada. — Você finalmente largou aquele perdedor, Christopher, ou você voltou com ele, *de novo?*

Grace terminou sua bebida e Jan colocou uma nova na frente dela imediatamente. Seu timing era sempre impecável.

— Desculpe, não estou conseguindo ouvi-la, a música está muito alta.

— Grace, sério? Você o aceitou de volta? Ele se aproveita de você, mal trabalha e nem sequer é legal. E agora ele está *me* fazendo parecer a ruim da história. Eu deveria lhe dar um sermão: onde está o seu amor-próprio, você merece alguém melhor e tudo que você já sabe, mas eu não vou fazer isso. Você não iria me ouvir de jeito nenhum.

— Você está certa.

— Eu sei.

— Quis dizer que você está certa sobre eu não ouvi-la — disse Grace. — Olha, eu não estou louca, Jamie. Eu enxergo como ele é, mas eu ainda gosto dele. Christopher é engraçado e espontâneo, e nós nos divertimos juntos. Eu nunca disse que ele era o *Sr. Certo*; ele é apenas o *Sr. Certo Agora.* Ok?

— Tudo bem, desculpe. Só estou tentando cuidar da minha melhor amiga. Vou ficar quieta agora. Sinta-se à vontade para me dar conselhos sobre minha vida amorosa a qualquer hora.

— Eu faria isso, mas...

— Mas o quê?

— Você não tem uma vida amorosa. — Grace me olhou de lado.

— Ah, sim, é verdade. Eu não tenho. — Tomei um gole do meu segundo Rum Runner. Dois é o meu limite, por isso eu tinha que fazer este último durar.

— O que vamos fazer em relação a isso? — perguntou Grace, batendo o pé no ritmo da música enquanto observava um casal dançando salsa do outro lado do salão. Eles eram bons.

— Um problema de cada vez, Grace — respondi. — Neste momento, estou procurando pelo meu pai e nem sei por onde começar. Como consigo ficar obcecada, se você continua tentando me distrair?

— Epa, espere um minuto — disse ela, colocando sua bebida no balcão e voltando toda sua atenção para mim. — Ontem você estava assustada demais para perguntar à sua tia sobre seu pai, e agora você está dedicando sua vida a encontrá-lo? Será que eu perdi alguma coisa?

— Sim, perdeu. Eu posso atualizá-la, mas vou precisar de uns tacos primeiro.

CAPÍTULO 13

— Então, deixe-me ver se entendi — disse Grace, depois que devoramos dois tacos cada uma e um chá gelado. — Seu pai pode estar em qualquer lugar, incluindo na prisão, ou possivelmente morto, mas onde quer que ele esteja, ele definitivamente *não* está procurando por você, porque ele não sabe que você *existe?*

— Exatamente — exceto que você esqueceu a parte sobre a intriga política, a trágica história de amor e a questão incômoda de se eu sou moralmente obrigada a aprender espanhol agora. Só Deus sabe o quanto eu tentei, mas o subjuntivo me deixa louca. E as conjugações verbais, Dios mio! Há um "você" formal, um "você" informal, um "você" no plural formal e um "você" no plural informal — como dizer "ei pessoal" — mas *só se você estiver na Espanha.* É muito complicado. Você não acha que *Espanglês* deveria ser o suficiente? Quero dizer, eu sou apenas meio cubana, sabe?

Grace riu e balançou a cabeça.

— Você está ficando louca, garota? É sério que você acha que é uma boa ideia procurá-lo? É um tiro no escuro e mesmo que o encontre, o que você faria? Está imaginando uma grande reunião de família?

Eu sabia que ela estava tentando me proteger. A verdade é que eu estava apenas começando a superar a morte da minha mãe e a última coisa que eu precisava era de mais decepções.

Eu suspirei.

— Prometo não me deixar levar. E nada de reuniões de família com camisetas combinando ou algo assim. Eu só gostaria de saber que tipo de pessoa é o meu pai, ou pelo menos o que aconteceu com ele. Eu sei que as chances de encontrá-lo não são boas. É como jogar "Onde está o Wally" do tamanho de um país pequeno. Tenho mais chances de ganhar na loteria.

— Espero que você tenha jogado, porque está em 60 milhões de dólares. — Grace sorriu.

— Claro que joguei! E quando eu ganhar, minha amiga, o jantar será por minha conta. *Em Paris.*

— Você deveria reservar o *Learjet* agora — disse ela. — Só por garantia.

Enquanto conversávamos, Grace tirou seu tablet caro de última geração da bolsa, colocou-o no balcão e começou a digitar como uma mulher em uma missão.

— O que você está fazendo? — perguntei, olhando por cima do ombro dela. — Não me diga que você está trabalhando agora, no meio da Noite Latina no Tekila's? Não é à toa que você precise de tantos Rolaids, você é uma maníaca.

Grace revirou os olhos.

— Claro que não estou trabalhando, sua tonta. Estou procurando pelo Waldo. Mas já vou avisando que meu espanhol é pior que o seu, então, se travarmos em alguma palavra, teremos que usar o

Google Tradutor. Por que não me conta o que você fez até agora?

~

Desde que nos conhecemos no nosso segundo ano na Nova Law, eu sempre pude contar com Grace. Mais esperta que a maioria e muito engraçada, ela era como um cometa brilhante iluminando a noite longa e escura que era a faculdade de direito. Está bem, estou exagerando um pouco, mas acredite, a faculdade de direito não era nada divertida.

Com seus óculos pretos e roupas da moda, Grace já parecia uma advogada mesmo naquela época, mas por baixo de tudo isso, ela era uma palhaça. Juro que ninguém consegue me fazer rir como Grace consegue, principalmente quando ela faz vozes engraçadas. Ela consegue imitar quase todo mundo. Nunca vou esquecer a noite em que Grace ligou para nossa amiga Suzie e fingiu ser nossa professora rabugenta de Responsabilidade Civil, Maryellen Brennan. Grace fez Suzie tremer na base durante quinze minutos, enquanto eu me sentava ao lado dela, morrendo de rir. Foi só quando Grace disse a Suzie que ela deveria fazer uma torta de maçã para ganhar crédito extra que ela finalmente percebeu.

Grace tinha outro talento; um que todos os advogados desejam, aquele que eu gosto de chamar de "a voz da razão". A voz da razão é uma voz calma, modulada, e tão relaxante como o mel em uma dor de garganta. Por causa disso, Grace sempre parece estar certa.

Na faculdade de direito, você aprende que se a lei não está do seu lado, você deve argumentar os fatos, e se os fatos não estão do seu lado, você deve argumentar a lei, mas eles não ensinam nada sobre a elocução, o que pode fazer toda a diferença. Claro que se você trabalhar nisso, poderá aprender a mecânica de ser um orador eficaz: contato visual frequente, atitude firme, controle do próprio ritmo e o uso da linguagem corporal apropriada — como não se agitar e distrair as pessoas do que você está dizendo — mas você nunca terá a voz da razão, uma voz tão convincente que mesmo que ela lhe recitasse a lista telefônica, você teria que ouvir. Pense nisso e você entenderá porque James Earl Jones foi a melhor pessoa para ser a voz de Darth Vader. Ter a "voz da razão" é o motivo pelo qual Grace parece ter todas as respostas, mesmo quando ela não as tem.

Contei a Grace tudo o que eu tinha feito, o que para ser honesta, não tinha sido muito, mas considerando que eu tive que lidar com a crise da Becca, ainda era alguma coisa. Então perguntei-lhe por onde ela achava que deveríamos começar.

— Que tal pesquisarmos no Google "como encontrar um parente perdido em Cuba?"

— Claro, por que não pensei nisso antes?

— É por que você está dentro do problema — disse Grace, gentilmente.

— Então sou sortuda em ter você — respondi. E eu estava falando sério.

CAPÍTULO 14

Passamos a hora seguinte sentadas no balcão do Tekila's, fazendo um *brainstorming*. Senti-me mal por ocupar os lugares por tanto tempo, mas a multidão havia diminuído e Jan disse que não se importava. Mais uma razão pela qual ela é nossa bartender favorita.

A ideia de Grace de procurar no Google como encontrar um parente perdido em Cuba gerou dezenas de pistas, principalmente sites de genealogia como geneaology.com, FamilySearch, MyHeritage e Cubagenweb.org, que era um guia de como fazer uma pesquisa genealógica para o povo cubano. Embora essa informação pudesse ser útil eventualmente, eu ainda não estava nesse estágio, pois não sabia nada sobre meu pai ou seus (e meus) parentes em Cuba, sem mencionar que ele tinha um sobrenome bem comum e eu não sabia seu local de nascimento. A única coisa que eu sabia com certeza era sua idade. Na carta, minha mãe mencionou que eles se conheceram quando ambos tinham vinte anos. Como ela faria cinquenta e cinco este ano, ele também estaria com cinquenta e cinco.

Em nossa caça ao tesouro na Internet, também descobrimos "Cuba Google" e "Cuba Blogs", que pareciam promissores, mas como nenhuma de nós falava espanhol, decidimos deixá-los para o final, e talvez encontrar alguém para traduzi-los para nós. Grace gostou da ideia do blog. Ela estava convencida de que alguém tão politicamente ativo como meu pai teria deixado um rastro na Internet, especificamente um blog, mas eu não tinha tanta certeza. Talvez ser preso, deportado e perder a mulher que amava o tivesse feito sentir-se derrotado. E, se descobríssemos que ele estava na prisão, com certeza não conseguiria manter um blog de sua cela.

No final da noite, parecia que uma das nossas melhores pistas era a Fundação Nacional Cubano-Americana em Miami, que fornecia informações às pessoas sobre seus parentes em Cuba, ou fornecia contatos para ajudá-las a encontrar essas informações. A outra pista promissora era o consulado cubano em Washington, D.C. Grace tinha uma amiga que trabalhava para o departamento de estado em D.C., a quem planejava ligar e pedir conselhos. Eu disse que entraria em contato com a Fundação Nacional Cubano-Americana, assim como os outros grupos de Miami que encontrei enquanto fazia minha própria pesquisa.

— É um bom começo — disse Grace, enquanto enfiava o tablet de volta na bolsa. — Você acha que deveríamos pedir ajuda a Duke já que ele ofereceu?

— Eu pediria, mas não consigo pensar em nada para ele fazer agora. Acho que deveríamos esperar até realmente precisarmos dele, sabe, para as coisas tipo Manto e Adaga[1].

— Manto e Adaga... olha só! Eu lhe disse que assistir tanta TV fritaria seu cérebro, Jamie, e isso já aconteceu. Que vergonha.

— Não fique com inveja, Grace. Um dia, você terá tempo para desfrutar de um "tempo de sofá de qualidade" como eu, com um controle remoto em uma mão e um latte gelado na outra. Até posso vê-la: você vai dançar nos corredores com Ellen DeGeneres, aprender "o que não vestir" e se tornar uma chef gourmet, tudo sem sair do sofá. Que vida!

— Obrigada, mas prefiro beber uma Margarita com minha amiga e ver as pessoas dançando salsa *no mundo real* — disse Grace.

— Ou, podemos ir para minha casa; faremos Margaritas e assistiremos "Dancing with the Stars" no meu sofá. Ele é suuuper confortável.

— Você é maluca, sabia? — Ela sorriu. — Acho que vou encerrar a noite para que você possa acompanhar seus programas.

Eu ri enquanto dizia uma de nossas piadas antigas emprestada do grande George Burns:

— Diga boa noite, Gracie.

— Boa noite, Gracie — disse ela, e então bocejou, o que não fazia parte da rotina, mas ainda assim era um toque agradável.

CAPÍTULO 15

Passei o fim de semana fazendo coisas chatas de fim de semana: lavando roupas, fazendo compras no mercado, pagando contas, limpando a casa e, claro, colocando em dia os meus programas. Eu sempre gosto de começar a semana com o tanque de gasolina cheio, geladeira cheia e dinheiro na carteira; caso contrário, sinto que estou atrasada antes mesmo de começar. Ter roupas limpas para vestir também está no topo da lista. É estranho, mas acho difícil me habituar a trabalhar todos os dias, embora tenha feito isso durante dez anos antes de minha mãe morrer. Parece que quando você para de bater ponto, você imediatamente se esquece de como fazê-lo; e depois, você nem se lembra de como é essa rotina.

Como sou obsessiva, você pode pensar que mostrei um controle notável ao não passar o fim de semana on-line procurando meu pai, mas a verdade é que meu cérebro estava sobrecarregado. Se eu não tivesse algum tempo de inatividade para absorver todas aquelas informações novas, minha cabeça explodiria. Além de obsessiva, eu também sou hiperbólica, o que soa como uma doença, mas não é.

Eu estava feliz por não ter planejado jantar no domingo com minha tia Peg e Adam. Eu não estava com vontade de falar sobre minha mãe, meu pai, segredos de família, ou qualquer coisa que se enquadrasse nesses títulos. Em vez disso, convidei meus vizinhos, Sandy e Mike, para um jantar indiano e uma taça de vinho. Foi divertido e relaxante, e exatamente o que o médico receitou — se você conseguisse um médico para lhe passar uma receita de curry, Pinot Grigio e uma noite na companhia de pessoas legais.

Na segunda-feira de manhã, eu estava revigorada e pronta para enfrentar o mundo, ou pelo menos pronta para enfrentar minha caixa de entrada. Eu estava de tão bom humor que até poderia ter lidado com o choro de Lisa, mas esperava não ter que lidar com isso. Por precaução, e para espalhar o bom humor, parei no Einstein's a caminho do trabalho para pegar uma dúzia de bagels para o escritório, incluindo o de canela com passas, o preferido de Lisa.

Depois de me acomodar na minha mesa com uma segunda xícara de café, enviei um e-mail a Becca para perguntar sobre os preparativos do funeral de Joe, pois me senti obrigada a prestar condolências. Ocorreu-me que poderiam ser os pais de Joe os responsáveis pelos preparativos, considerando o amargo processo de divórcio, mas Becca ainda teria a informação.

Modéstia à parte, trabalhei sem parar até a hora do almoço de forma descontraída e consegui eliminar um pouco da papelada. Quem me dera ser uma trabalhadora estável, mas infelizmente, só tenho duas velocidades: velocidade máxima e ponto morto. Felizmente, esse foi um dia de alta velocidade. Eu estava pensando se buscava um sanduíche ou uma salada no delivery do outro lado da rua quando meu celular tocou. Normalmente não atendo na hora do almoço como uma forma de estabelecer limites para meus clientes. Só porque eles têm o número do meu celular (que é mais para minha conveniência do que para a deles), não significa que eu esteja de plantão 24 horas por dia e 7 dias por semana. Mas vi que era a Becca, então decidi atender.

— Ei, Becca, estive pensando em você. Como você está lidando com tudo, querida?

— Eu não estou, Jamie, de jeito nenhum. — A voz dela estava rouca, como se tivesse chorado o fim de semana todo.

— Eu imagino. Você deve estar sobrecarregada, como posso ajudá-la?

— Estou ligando porque não sei o que fazer — lamentou ela. — O Ministério Público ligou e me pediu para que eu fosse até lá para ser interrogada. Por que eles fariam isso? O que eles querem de mim? Por que isto está acontecendo? Eu não aguento mais!

Eu podia ouvir sua histeria aumentando e sabia que tinha de convencê-la a descer do parapeito, figurativamente falando. Pelo menos eu esperava que fosse figurativo. Nunca conhecemos os limites de uma pessoa; e às vezes, nem sequer conhecemos os nossos.

— Está tudo bem, Becca. Provavelmente é só uma coisa rotineira. Escute, conheço uma pessoa que trabalha no gabinete do Ministério Público, o que você acha de eu ligar para ele e ver o que consigo descobrir?

Ela fez uma pausa e então, com uma voz tão baixa como a de uma garotinha, ela disse:

— Sim, por favor... e então você me liga de volta?

— Eu prometo. Mas não fique sentada ao lado do

telefone esperando porque às vezes demora um pouco para ele retornar a ligação. Por que você não vai fazer um chá, ou se deita para relaxar um pouco? Ok?

— Vou tentar — disse ela, não muito convincente.

Depois que desligamos, liguei diretamente para Nick Dimitropoulos, Procurador do Estado, estrela em ascensão, filho de um senador e meu arqui-inimigo. Se você procurar a palavra "arqui' no dicionário, verá que ela se refere a uma pessoa com um sentimento divertido de ser superior ou saber mais do que as outras pessoas. Ao lado dessa definição, você verá uma foto de Nick D. Ah, espere, isso só está no meu dicionário.

Para ser sincera, eu falo isso por causa dos meus sentimentos pelo Nick. Foi ele quem foi atrás do meu primo deficiente, Adam, um ano antes e tentou acusá-lo de homicídio usando apenas provas circunstanciais e um caminhão cheio de ambição política. Finalmente chegamos a uma trégua depois que o convenci a se concentrar no verdadeiro assassino. Ele acabou se saindo como um herói, com sua foto no jornal e todos os elogios que a acompanhavam, então ele me devia uma, e ele sabia disso. Políticos sempre guardam uma série de favores, mesmo aspirantes a políticos. Especialmente os aspirantes a políticos.

— Nick Dimitropoulos.

Ao ouvir sua voz, imaginei-o em sua mesa com sua mandíbula esculpida e unhas perfeitamente aparadas. Ele estaria usando as últimas novidades da Armani, sapatos de ponta de asa brilhantes (com ou sem borlas) e nenhum fio de cabelo fora do lugar. Sua mesa estaria bem organizada e equipada com a melhor tecnologia que o dinheiro pode comprar.

— Aqui é a Jamie Quinn, como vai, Nick?

— Olá, Quinn... não esperava falar com você tão cedo.

Eu ri.

— Tão cedo? Já passou um ano desde que o ajudei a colocar sua foto no jornal.

— Para sua informação, Quinn, minha foto está sempre no jornal. E sempre por bons motivos.

— Não duvido disso nem por um minuto, Nick... — hesitei, sem saber exatamente como proceder.

— Então, Quinn, o que posso fazer por você? Está procurando uma referência?

Eu gargalhei.

— Está brincando, né?

— Claro que estou. E aí?

— Bem, eu tenho uma cliente...

— Ela é sua prima também?

— Muito engraçado, Nick. E não, ela não é minha prima. Ela recebeu uma ligação do seu escritório esta manhã pedindo para que comparecesse para ser interrogada. Eu gostaria de saber por quê.

— Qual é o nome dela?

— Becca Solomon.

— Estou familiarizado com esse caso.

— É um caso? Por que é um caso? O marido dela foi encontrado morto na sexta-feira passada, mas ela não estava sabendo de nada. Ela estava esperando que ele fosse buscar as crianças.

Houve uma pausa enquanto Nick parecia considerar quais informações ele estava disposto a compartilhar.

— Quinn, eu não deveria lhe contar isso, mas Joe Solomon morreu devido a uma combinação de álcool e remédios para dormir.

— Não estou entendendo, por que você não deveria me contar isso?

— Porque eram os comprimidos da sua cliente.

CAPÍTULO 16

— Deve haver uma explicação... — gaguejei.

— Sempre há uma explicação — disse Nick. — Mas pode não ser a que você quer ouvir.

— Vou manter a mente aberta, obrigada, e aconselho você a fazer o mesmo. Lembra da última vez que você foi atrás do alvo mais fácil? *Você pegou o cara errado.* Processos judiciais já foram arquivados por muito menos, Nick. Só estou dizendo.

— Não estou preocupado, Quinn.

Reconheço que ele era difícil de abalar.

— Presumo que sua cliente vai nos ligar para marcar um horário — disse ele, com sua presunção habitual. — Ou você quer marcá-lo agora?

— Ligo para você outra hora — respondi, tentando ganhar tempo.

Fiquei surpresa ao me ver, mais uma vez, envolvida em um caso criminal. Como é que isso continua acontecendo comigo? Meu cartão de visita diz "Advogada de Direito de Família", claro como o dia. E pobre Becca! Antes de eu ligar para ela e empurrá-la daquele parapeito em que ela estava oscilando, eu precisava de alguns conselhos para que eu pudesse guiá-la na direção certa. Ela parecia tão indefesa, tão devastada. Eu sabia exatamente para quem ligar: Susan Doyle, a defensora pública extraordinária. Susan foi inestimável quando meu primo, Adam, foi acusado de assassinato; sem ela, não sei o que teria acontecido com ele. Nada de bom, isso é certo.

Quando liguei para a defensoria pública e perguntei por Susan Doyle, disseram-me que ela não trabalhava mais lá, que tinha ido para um escritório particular. Não sei porque fiquei surpresa. Minha vida havia mudado durante aquele ano; era tolice da minha parte achar que a vida das outras pessoas estava parada. A recepcionista foi simpática o suficiente para me dar o número de Susan. Para meu alívio, ela não havia se mudado; seu escritório ficava no centro de Hollywood, a três quarteirões do tribunal.

Deixei uma mensagem para Susan e logo ela me ligou de volta. Depois de conversarmos um pouco e ela ter perguntado sobre Adam, comecei a falar sobre o motivo da minha ligação.

— Susan, estou em uma situação, bem, minha cliente está, e eu esperava que você pudesse ajudá-la e possivelmente representá-la, se necessário. Esta mulher pode pagar um advogado particular e eu a aconselharia a contratá-la.

— Claro, Jamie, farei tudo o que estiver ao meu alcance. O que está acontecendo?

Contei-lhe sobre minha conversa com "Nick Espertão" (como Susan gostava de chamá-lo), e o resumo do processo de divórcio de Becca e Joe, em toda a sua maldade.

— É uma história e tanto — disse Susan. — Você conhece Becca há algum tempo, qual é a sua opinião sobre ela? Você acha que ela teve alguma coisa a ver com a morte dele?

Pensei por um minuto.

— Acho que ela não seria capaz de fazer isso. Ela está realmente desmoronando e parecia tão chocada quanto o resto de nós quando Joe apareceu morto. Ela realmente estava esperando que ele fosse buscar as crianças quando descobriu.

Então Susan fez uma pergunta que me pegou desprevenida.

— Ela alguma vez ameaçou a vida dele?

Ofeguei quando me lembrei da nossa última audiência.

— Infelizmente sim. Ela disse-lhe que se ele tentasse tirar as crianças dela, ela o mataria!

Susan não se abalou. Ela era defensora pública há muito tempo e tinha ouvido coisas muito piores, disso eu tinha certeza.

— Alguém mais a ouviu ameaçá-lo?

— Sim, o oficial de justiça do juiz Marcus, Harold, estava lá e disse que chamaria a segurança se eles não se acalmassem.

— Bem, isso não vai ajudar — disse Susan —, mas pelo menos sabemos que isso já se espalhou por aí. Informação é poder, como sempre digo. Você mencionou que Joe saiu da casa conjugal há um mês, Becca tinha a chave da residência dele?

Eu sabia por que ela estava me perguntando isso. Se Becca tinha um motivo para matar Joe, e Nick certamente pensaria que ela tinha um, será que ela também teve a oportunidade?

— Não, Becca definitivamente não tinha acesso à casa dele. Eles não se davam bem quando se viam, não iriam trocar chaves. Becca até mandou trocar as fechaduras da casa conjugal para Joe não poder entrar.

Meu estômago estava roncando, lembrando-me que eu não tinha pedido o almoço. Não costumo ser uma pessoa que se esquece de comer, isso eu posso lhe garantir.

Susan fez uma pausa e depois perguntou:

— Suicídio? Acidente?

— Não para suicídio; acidente é uma possibilidade. — Eu estava procurando alguma bolacha ou qualquer outra coisa para comer nas gavetas da minha mesa. Tudo o que encontrei foram alguns Chiclets soltos. Enfiei-os na boca.

— Mais uma pergunta, algum deles está saindo com alguém? Isso tende a mudar a dinâmica.

Eu quase engoli meus Chiclets. Eu tinha me esquecido do namorado de Becca!

— Sim! Becca tem um namorado; ele era amigo de Joe, mas não é mais, é claro. O nome dele é Charlie Santoro. Eu o encontrei algumas vezes e ele parecia ser um cara tranquilo. Ele não estava colocando lenha na fogueira, se é isso que você está perguntando.

Susan não maneirou nas palavras.

— Você acha que ele pode ser um suspeito?

Pensei a respeito disso.

— Não faço ideia. Acho que tudo é possível. Já fui enganada por pessoas antes. O mantra do advogado de direito de família é "todo mundo mente".

Susan riu.

— Não se esqueça que você está falando com uma advogada criminal. Nossos clientes contam tantas mentiras que não saberiam a verdade nem quando a vida os cobrassem no futuro.

Eu ri junto com ela.

— Tudo bem — disse Susan, à sua maneira sensata —, você vai fazer o seguinte: marque um horário com o Ministério Público e vá com Becca. Não deixe ela responder a nenhuma pergunta, exceto seu nome e endereço. Depois disso, apele para a quinta emenda alegando que ela pode se incriminar. Faremos com que o procurador faça o trabalho. Se as acusações forem apresentadas, então me encontrarei com Becca e ela poderá me contratar formalmente.

— O que mais posso fazer para ajudar?

— Você ainda tem o número daquele detetive particular estranho? Acho que precisamos dos serviços dele. Qual era o nome dele?

— Duke Broussard. E sim, ele é bem estranho.

CAPÍTULO 17

Antes de encerrarmos nossa conversa, Susan explicou o que ela precisava de Duke. Como o ônus da prova em um caso criminal está "além de uma dúvida razoável", o papel de Duke seria criar essa dúvida, desenterrar provas que apontassem para longe de Becca, no caso de ela ser acusada de um crime. Susan recomendou que Becca contratasse Duke imediatamente porque quanto mais cedo ele pudesse limpar o nome dela, melhor.

Eu estava com medo de fazer aquela ligação para Becca. Não me interprete mal, como advogada de direito de família, já dei muitas más notícias a clientes antes, mas nunca é fácil. E como exatamente você diz a alguém que ele é suspeito de homicídio? Há alguma aula sobre isso? Um website? O único consolo era que Becca ouviria isso de mim, e não de Nick.

Vaguei pela pequena cozinha do nosso escritório em busca de comida. Minha fome estava começando a afastar todos os outros pensamentos; além disso, eu estava ficando com dor de cabeça. Para minha surpresa, a caixa do Einstein's que eu tinha comprado naquela manhã ainda tinha três bagels. E também havia meio pote de cream cheese. Ah, que dia feliz! Nem me dei ao trabalho de procurar uma faca; apenas cortei com a mão um bagel de centeio ao meio e usei-o para pegar o cream cheese e enfiá-lo na minha boca. Tenho certeza de que eu parecia uma fera selvagem atacando um antílope, mas não me importei. Eu estava com *tanta* fome. Além disso, como vegetariana, eu nunca comeria um antílope.

Com o estômago cheio de bagels, meu poder de raciocínio voltou e me disse para ligar para Duke primeiro; assim eu poderia apresentar a Becca uma solução ao mesmo tempo em que lhe contava o problema. Além disso, eu precisava saber se Duke estava disponível (como se ele pudesse resistir a uma donzela em apuros e a um romance policial de uma vez só); e também, o quanto ele cobraria por seus serviços; e qual seria seu plano de ataque. Eu estava feliz por finalmente poder oferecer um trabalho remunerado a Duke e igualmente feliz por poder adiar a ligação de Becca.

Quando ele atendeu, pude ouvir a multidão do bar ao fundo. Ele deveria estar no "The Big Easy"; Duke praticamente morava lá.

— Olha só, se não é a própria Sra. Advogada — disse Duke. — Eu sabia que você não conseguiria ficar longe. É o charme do Broussard... ele fica impregnado na pele.

— Sabe, ultimamente tenho sentido muita coceira. Pensei que fosse uma erupção cutânea, mas deve ter sido o velho charme do Broussard.

Duke riu.

— Como vai, Querida? Pronta para começar a procurar o seu pai novamente? Eu tenho algumas ideias.

Por um segundo, esqueci que Duke não estava a par do projeto do meu pai. De qualquer maneira, não havia muito para contar, mas aquele não era o dia.

— Você foi ótimo em me ajudar com isso, Duke, e eu sou muito grata, mas coloquei o projeto de lado por enquanto. Tenho um caso de divórcio que se transformou em uma investigação de assassinato e preciso dos serviços de um bom detetive particular. Você topa?

— Não. Não, a menos que você precise dos serviços de um *ótimo* detetive particular. Não posso baixar meus padrões assim, sabe. Isso arruinaria minha reputação.

Eu ri.

— Eu não iria gostar disso na minha consciência. Este seria um trabalho pago, só para você saber.

— Por que você não disse logo? Vou baixar meus padrões se o preço for bom. Setenta e cinco dólares a hora é justo? Vou precisar de um adiantamento, talvez quinhentos dólares. Está bom para você?

Parecia que Duke precisava do dinheiro.

— Tenho certeza que sim — respondi, e então contei o que estava acontecendo com Becca.

— Uau! — disse ele quando terminei. — Esse caso é dos bons. Quando começamos?

— Logo depois que eu disser a Becca que ela é suspeita do assassinato do marido.

CAPÍTULO 18

Eu NÃO PODIA ADIAR MAIS, ENTÃO LIGUEI PARA Becca. Para minha surpresa, um homem atendeu.

— Celular da Becca.

— Olá, aqui é a Jamie Quinn. Eu poderia falar com a Becca, por favor?

— Ah, ei, Jamie, é o Charlie. Becca está dormindo, mas ela me pediu para acordá-la caso você ligasse. Acho que ela não dormiu o fim de semana todo. Cara, isso tem sido difícil para ela.

— Aposto que sim. Sabe de uma coisa, Charlie? Não a acorde, eu posso ligar mais tarde. Mas eu queria lhe perguntar uma coisa... você viu Joe recentemente?

— Eu costumava vê-lo pela cidade e tal. Eu sempre dizia "oi", quer dizer, eu me sentia mal pelo cara, mas ele simplesmente me ignorava.

— Vocês dois já discutiram? Ele foi desagradável com você? — perguntei.

Charlie fez uma pausa antes de responder.

— Sim, quando ele descobriu que eu estava saindo com a Becca, ele me ligou e acabou com a minha raça, me xingou de desgraçado, filho da puta e algumas outras coisas. Mas então ele parou de falar comigo completamente.

Depois que desligamos, para começar, perguntei-me como Charlie e Joe se tornaram amigos. Charlie era discreto e com uma beleza mais relaxada, como um surfista ou um cara jogando Frisbee com seu cachorro na praia. Joe, por outro lado, era ambicioso, animado e barulhento. Ele gostava de roupas bonitas e carros caros, e gostava de ser o centro das atenções. Por ter construído uma empresa de tecnologia que mais tarde vendeu por um milhão de dólares, Joe gostava de pensar que ele era o próximo Steve Jobs. No que diz respeito aos amigos, esses dois pareciam completamente incompatíveis. De qualquer forma, eu não conseguia imaginar Charlie matando ninguém. *Cara, isso é um carma muito ruim.*

Eram 15h, mas eu já tinha terminado o trabalho do dia. Deus abençoe os autônomos! Senti que tinha feito muita coisa, ou pelo menos o suficiente, e precisava espairecer. Decidi que um pouco de exercício ao ar livre era a coisa certa a ser feita, então fui até o T.Y. Park para uma caminhada longa. Eu sempre tenho roupas de ginástica e tênis no carro, caso me dê vontade, mas como isso raramente acontece, as roupas estavam cheirosas e limpas. Como se alguma vez tivessem ficado suadas...

Topeekeegee Yugnee Park, T.Y. para abreviar, faz jus ao seu nome, que significa "local de encontro ou reunião" na língua Seminole. Com 55 mil metros quadrados, é um parque urbano bem no meio da cidade com um circuito asfaltado de três quilômetros compartilhado por caminhantes, corredores, patinadores, ciclistas e mães embalando seus bebês para dormir em seus carrinhos. Mesmo no meio da tarde de uma segunda-feira, o parque estava lotado. O parque tem muito a oferecer: bicicletas e barcos para alugar, parques de campismo e infantis, quadras de basquete, vôlei e tênis, e mais de uma dúzia de áreas cobertas para piqueniques, festas e churrascos. Mas o melhor do T.Y. é o Castaway Island, um parque aquático grande com toboáguas, piscinas e uma praia.

No ensino médio, eu trabalhava no estande de concessão durante o verão e, apesar do fato de que o calor era escaldante, vivia lotado de crianças e eu ficava muito ocupada o tempo todo, eu nunca me diverti tanto. Porém, eu não era salva-vidas, que era um trabalho exaustivo e de alta pressão. É incrível como muitos pais acham que não precisam tomar conta de seus filhos na água só porque há um salva-vidas de plantão. Por cerca de 10 dólares a hora, nossos salva-vidas salvavam pelo menos cinco crianças por dia de afogamento.

A diversão vinha depois que fechávamos o parque às 17h. Era quando a equipe podia brincar nos toboáguas e nadar nas piscinas. Era uma alegria! Nós gostávamos ainda mais porque tínhamos que esperar o dia todo. Não é de se surpreender que alguns romances tenham começado durante nossos jogos aquáticos diários.

Enquanto percorria o circuito, fiz um desvio para a Castaway Island. Ouvir crianças gritando e rindo me transportou de volta àqueles verões fantásticos. Eu estava ali, sonhando acordada, quando alguém me deu um tapinha no ombro.

— Jamie? Não dá para acreditar, você não mudou nada! Você não está me reconhecendo?

— Hmmm, desculpe, não tenho certeza se o reconheço — eu disse para o cara lindo parado ao meu lado. Ele era facilmente uns trinta centímetros mais alto que eu, com olhos castanhos sorridentes, cabelo descolorido pelo sol e tão bronzeado que ele devia ter passado muito tempo ao ar livre. Estudei o rosto dele em busca de pistas; o que foi realmente embaraçoso. E então eu quase desmaiei.

— Kip? Ah, meu Deus! É você! — Minha voz estava estridente e eu estava muito feliz em revê-lo. — Desculpe-me por não tê-lo reconhecido, quero dizer... você mudou tanto. Quando é que você ficou tão alto? — Eu não conseguia parar de sorrir. Ou de tagarelar. Kip e eu fomos um daqueles romances de parque aquático que mencionei a pouco. Eu era louca por ele naquela época, e acho que ele sentia o mesmo por mim, mas quando ele foi para a faculdade, nós nos afastamos. Eu ainda pensava nele algumas vezes, principalmente quando passava de carro pelo parque.

Antes que eu pudesse dizer mais uma palavra, ele me deu um grande abraço e me levantou do chão. E então ele riu e me colocou de volta.

— Eu tive um pequeno surto de crescimento na faculdade, sabe? — Ele abriu um sorriso. — É maravilhoso revê-la, Jamie! Como tem andado? O que tem feito?

— Vejamos, eu me formei em literatura inglesa, percebi que não tinha habilidades para o mercado e depois fui para a faculdade de direito. Agora sou advogada de direito de família aqui em Hollywood. E você? — Eu não conseguia parar de olhar para ele.

— Fiz um caminho longo e tortuoso. Saí da faculdade com um MBA, fui direto para o mundo corporativo e odiei. Dei meia volta, voltei para a faculdade e acabei em um trabalho que amo, trabalhando ao ar livre onde posso admirar a natureza em toda a sua glória. — Ele parou para chutar uma bola de futebol de volta para um menininho, que rapidamente retomou seu jogo.

— Isso é ótimo! Você sempre foi o maior fã da natureza. Não acredito que de tantos lugares fomos nos encontrar aqui. Quais são as chances?

Ele riu.

— Eu diria que as chances são excelentes.

— O que você quer dizer?

— Depois que me formei em gestão de parques e silvicultura, trabalhei para o sistema estadual de parques na Califórnia até que tiveram cortes no orçamento e perdi meu emprego. Uma vaga foi aberta aqui e eu me candidatei. Desde a semana passada, eu sou o novo diretor do Departamento de Parques. Então eu trabalho aqui.

— Você trabalha neste parque? — perguntei, tentando disfarçar a animação em minha voz. Eu era uma adulta agora; eu tinha que ficar me lembrando disso.

— Na verdade, sou responsável por todos os parques. Estou visitando cada um deles para fazer avaliações e pensei em começar com o meu favorito. Mas me fale mais sobre você, está casada? Tem filhos?

— Não, e você? — Ele tinha que ser casado. E provavelmente tinha uma dúzia de filhos lindos que se pareciam muito com ele.

— Fiquei noivo uma vez por alguns meses, mas não deu certo. Também não tenho filhos.

Alguém me acorde! Pensando melhor, por favor, não faça isso.

Ficamos ali, sorrindo um para o outro até que Kip pegou minha mão e disse:

— Tenho que voltar ao trabalho, mas adoraria conversar mais um pouco.

— Eu também adoraria.

— Por acaso você gosta de andar a cavalo? Tenho que ir ao Tradewinds Park no próximo sábado, e lá tem estábulos e trilhas para cavalos.

— O último cavalo que montei foi um pônei quando eu tinha cinco anos, mas isso me parece divertido. Se você não se importar de andar com uma novata.

— Não se preocupe, eu lhe ensino. Que tal nos encontrarmos lá às 13h?

— Perfeito! Mal posso esperar por isso, Kip.

— Eu também. Até mais, Jamie! — Outro abraço rápido e ele foi embora.

Fiquei atordoada com a minha boa sorte — era o Kip! Nós temos um encontro! E daí se eu não sei andar a cavalo, Kip vai me ensinar. Como é que eu ia aguentar até sábado? Perguntei-me, mas eu sabia que ir a um encontro não significava necessariamente nada, mas eu estava feliz naquele momento, e nada poderia mudar isso.

Voltei para o estacionamento e encontrei meu carro. Quando abri a porta, ouvi um zumbido frenético debaixo do banco. Eu tinha perdido três ligações de Becca.

CAPÍTULO 19

— Becca? É a Jamie. Desculpe-me por ter perdido suas ligações.

— Está tudo bem — disse ela com uma voz monótona e desanimada.

— Falei com o promotor público. Vou lhe contar o que ele me disse em um minuto, mas primeiro preciso lhe fazer algumas perguntas.

— Tudo bem.

Eu me perguntei se ela estava medicada, pois ela soava tão robótica. Ela não poderia ter soado menos interessada se estivéssemos falando do tempo, ou das Kardashians. Eu ainda estava no parque, sentada em meu carro com as janelas abertas. Se eu tinha que fazer algo tão desagradável, eu poderia pelo menos apreciar a paisagem.

— Você está se sentindo bem? Ou você prefere que eu ligue mais tarde?

— Está tudo bem — entonou ela.

— Ok, então, quando foi a última vez que você viu o Joe?

— No tribunal.

— Você falou com ele depois disso?

— Não.

— Entrando em um tópico diferente, você tem alguma receita de remédio para dormir, Becca?

— Sim, Ambien.

Ela ainda soava monótona, quase entediada.

— Você os toma com frequência?

— Só quando eu preciso.

— Joe alguma vez tomou seus comprimidos para dormir?

— Sim.

Ok, agora estávamos chegando a algum lugar.

— Quantas vezes ele fez isso?

— Não tenho certeza. Algumas vezes.

— Você sabe como ele teria conseguido alguns dos seus comprimidos depois que ele se mudou?

— Não faço ideia.

— Ele poderia ter levado alguns com ele quando se mudou?

— Acho que sim.

— Charlie está aí? Você se importaria de passar o celular para ele por um minuto?

Ouvi-a passar-lhe o celular.

— Oi, Jamie — disse ele.

— Oi, Charlie, a Becca está bem? Ela não me parece bem. Preciso falar com ela sobre algumas coisas importantes e não sei se ela está, bem, prestando atenção.

— Quando ela fica muito estressada, ela meio que desliga. Ela vai voltar ao normal em breve.

Lembrei-me que ela agiu da mesma forma no saguão do tribunal, depois de sua audiência. Talvez isto tornasse o meu trabalho mais fácil.

— Por favor, pergunta à Becca se ela me dá permissão para falar com você sobre a situação dela.

Eu o ouvi perguntar e a ouvi concordar.

— Ok, Charlie, é o seguinte, o Ministério Público quer interrogar Becca como parte da investigação deles sobre a morte de Joe. Precisamos marcar um horário e eu pretendo ir com ela. Provavelmente eles também vão querer falar com você em algum momento, suponho eu. Desculpe, mas eu não poderia representar vocês dois devido a um potencial conflito de interesses, mas sugiro fortemente que você vá com um advogado. Se não puder pagar um, você pode pedir que eles indiquem um para você na Defensoria Pública.

— Tudo bem, eu entendo. Vou passar para ela tudo o que você me falou — disse ele, em seu tom plácido habitual.

— Fale para ela me ligar, ok?

— Claro.

Ocorreu-me, depois que desliguei, que Charlie não havia demonstrado nenhuma emoção a mais que Becca, mesmo depois que eu lhe disse que o procurador do estado poderia interrogá-lo sobre o marido morto de sua namorada. Havia algo de estranho em Charlie; eu só não conseguia dizer exatamente o quê.

CAPÍTULO 20

Eu não tinha contado a Charlie sobre a sugestão de Susan Doyle de contratar um detetive particular. Como eu disse, havia um potencial conflito de interesses ali, e minha obrigação era com Becca, principalmente se o detetive particular, também conhecido como Duke, achasse que valia a pena investigar Charlie. Decidi tomar o caminho mais fácil desta vez e mandar um e-mail para Becca, já que não tinha tido muita sorte em falar com ela ao telefone. Deus sabe que eu tentei.

Eu já estava em casa há algum tempo e tinha acabado de comer e de alimentar o gato. Meu jantar foi uma pizza congelada, o dele uma mistura fedorenta e úmida de quem sabe o que os gatos parecem gostar. Nós dois estávamos felizes com a nossa seleção.

Depois de descansar um pouco, ler as notícias online e jogar "Words with Friends" com Grace, (desde quando "pqp" é uma palavra?), enviei um e-mail a Becca:

Olá, Becca, liguei para uma amiga minha pedindo
conselhos sobre sua situação e ela acredita que seria

*do seu interesse contratar um detetive particular para investigar a morte de Joe. Eu concordo com ela. Conheço um detetive que já contratei que é muito bom e tem um preço razoável. Ele cobra $75 a hora e exige um adiantamento de $500. Você tem dinheiro sobrando na minha conta fiduciária do seu caso de divórcio que você poderia usar para contratá-lo, mas você teria que assinar um contrato com ele. **Você quer fazer isso?** Além disso, precisamos marcar um horário com o promotor público. Por favor, diga-me quando você estará disponível que eu marco para você.*

Em dois minutos, tive uma resposta.

Olá, Jamie, pode contratar o detetive. Você pode me enviar o contrato dele por e-mail? Posso ir com você ao promotor público em qualquer manhã depois das 8h30, mas não posso ir à tarde porque preciso buscar as meninas na escola. Obrigada por tudo o que você está fazendo por mim. Desculpe, eu estou uma bagunça.

Pelo menos ela parecia normal novamente. Rapidamente mandei uma mensagem para Duke dizendo que iríamos avançar e pedi que ele me enviasse um e-mail com seu contrato para Becca assinar. Ele me mandou uma mensagem de volta imediatamente:

Ei, Srta. advogada, do que você está falando? Que contrato?

  Você sabe né, aquele quando as pessoas contratam seus serviços, mandei uma mensagem de volta.

Eu opero com um aperto de mão, Querida. Sem queixas, desde que eu faça o trabalho.

Talvez porque trabalhe para seus colegas de bar. E através daquele outdoor que sua ex pagou dizendo ao mundo o que ela pensava de você.

Isso me rendeu alguns trabalhos, né? Serviu-lhe bem, depois de toda a pensão que paguei àquela mulher.

Bem, desta vez você vai precisar de um contrato, seu fanfarrão. Ou não vou liberar o dinheiro da minha conta fiduciária. E não posso redigi-lo por você porque Becca é minha cliente. Que tal eu lhe enviar o meu contrato e você cortar e colar a partir dele?

Sabe, para uma advogada, você não é tão ruim assim.

Digo o mesmo de vc.

Depois de enviar um e-mail a Duke com meu contrato padrão, servi-me de uma taça de vinho e me joguei no sofá. Para minha consternação, havia uma mola cutucando minhas costas que não estava lá antes. Hora de um sofá novo! Quero dizer, como eu poderia aproveitar o "tempo de sofá de qualidade" se não tivesse um sofá que estivesse à altura? Eu não tinha mudado nada desde que herdei a casa há quase dois anos, então talvez estivesse na hora, mas eu com certeza não precisava de outro projeto agora. Enquanto isso, eu teria que deslizar até a extremidade livre de cutucões do sofá, onde eu poderia me distrair, beber meu vinho e me perguntar quem matou Joe Solomon.

CAPÍTULO 21

Um bagel pode comprar muita boa vontade. Descobri isso na terça-feira quando pedi a Lisa para me fazer um favor ao ligar para a Procuradoria. Ela não só fez isso imediatamente, como fez com um sorriso. Quem diria que era só isso que seria preciso?

Depois que Lisa marcou um horário, enviei um e-mail a Becca para dizer que estava marcado para quinta-feira de manhã e para lhe pedir que chegasse meia hora mais cedo para se preparar. Ela me mandou um e-mail para confirmar imediatamente. Ela também me agradeceu por me oferecer para comparecer ao funeral de Joe, que seria no sábado de manhã, mas me pediu para não ir. Já seria bem difícil para os pais de Joe que ela estivesse lá; seria muito pior se sua advogada de divórcio também estivesse.

Eu não tinha pensado nisso, mas ela estava certa; é claro que eu não deveria estar lá. Não que eu quisesse ir (ninguém *quer* ir a um funeral), e agora que eu tinha um encontro com Kip no sábado, tudo estava funcionando perfeitamente.

Ao olhar o resto dos meus e-mails, vi que Duke havia enviado o "seu" contrato para Becca. Li tudo para ver se fazia sentido e estava tudo certo, nada mal, então encaminhei para Becca assinar. Assim que ela me enviasse de volta, eu poderia pagar Duke com o dinheiro da conta fiduciária e ele poderia começar a trabalhar no caso dela.

Eu estava concentrada trabalhando na minha mesa quando ouvi um zumbido familiar. Era uma mensagem de Grace perguntando se eu queria encontrá-la para almoçar. Ela tinha depoimentos marcados para a tarde toda em Hollywood na esquina do meu escritório. Além disso, ela disse que tinha uma novidade. Eu também tinha uma novidade para contar-lhe. Combinamos de nos encontrar no Exotic Bites na Harrison Street, já que estávamos com vontade de comer falafel, e o deles era o melhor da cidade. Então foi fácil: homus ao meio-dia na Harrison Street.

Eu estava estudando os narguilés no bar de narguilé quando Grace entrou no restaurante.

— Olá, minha advogada corporativa favorita — disse eu, dando-lhe um beijo na bochecha. — Você está fabulosa, como sempre.

— O quê? Esta coisa velha? — disse ela com uma risada, apontando para seu terno vermelho Anne Klein que ficava perfeito nela. Nem todos podemos usar Anne Klein que nem Grace, mas, por outro lado, alguns de nós prefeririam usar calças de moletom. Como eu, por exemplo.

Enquanto nos sentávamos, de repente me lembrei de uma coisa.

— Ei, você vai ficar bem comendo aqui? Ou vai ter que mastigar Rolaids pelo resto do dia?

— Eu vou ficar bem — disse ela. — Só preciso deles quando estou lidando com aquele cliente que me estressa. A comida não me incomoda, só ele. Mal posso esperar para que esse caso acabe.

— Aposto que sim! — Eu entendia sobre clientes difíceis. Eu mesma tive alguns.

Fomos as primeiras da multidão do almoço a chegar, por isso pegamos nossa comida rapidamente. Sanduíches de falafel são realmente bagunçados e fizemos de tudo para não deixar cair comida em nossas roupas.

Foi só quando estávamos tomando café e dividindo um baklava que Grace perguntou:

— Você não quer saber qual é a minha novidade? Você não é uma pessoa muito paciente. Está se sentindo bem?

Eu ri.

— Talvez eu esteja virando uma página. As pessoas podem mudar, sabia?

— Sem chance. O que realmente está acontecendo? — Grace parecia cética, mas mantive meu rosto inexpressivo o máximo que pude.

— Está bem, vou lhe contar. Eu tenho um encontro no sábado.

— Mentira! Quem é o sortudo? Eu o conheço? Pare de esconder as coisas de mim, Jamie. Desembuche!

— Ele é maravilhoso e completamente adorável, e vamos andar a cavalo no Tradewinds Park.

Grace parecia exasperada.

— Mas como é que vocês se conheceram? Qual o nome dele? Espere... você disse andar a cavalo? Essa é uma boa ideia? Quero dizer, você não é uma pessoa que prática esportes. Sem querer ofender.

— Não se preocupe. Kip disse que me ensinaria — eu disse, esperando a reação dela.

— Kip? O Kip Simons, seu namorado de escola? Mas como...?

— Adoro quando você fica sem o que dizer! — eu disse, rindo. — Na verdade, eu o encontrei no T.Y. Park, ele é o novo diretor do Departamento de Parques! Isso não é fantástico? Eu não o reconheci no começo, mas logo nos demos bem novamente.

Grace balançou a cabeça.

— Incrível! Mas o que você estava fazendo no T.Y. Park? Tentando recuperar seu antigo emprego?

— Muito engraçado! Só para você saber, eu estava me exercitando. Eu faço isso de vez em quando.

— Estou tão feliz por você, Jamie, de verdade. Já estava na hora. Agora posso lhe dar conselhos sobre sua vida amorosa! Mal posso esperar.

— Contenha-se, Grace. Eu ainda não tenho uma vida amorosa. Mas vá em frente, dê-me um conselho.

— Ok, tenho três palavras para você.

— Vá com calma? — Eu tentei adivinhar.

— Não — ela riu —, use-um-capacete. Eu já consigo ver você caindo do cavalo!

— Sim, eu também consigo.

CAPÍTULO 22

— Ok, Jamie, essa foi uma notícia bombástica, mas eu posso superá-la. Quer ouvir minha novidade agora? — perguntou Grace, inclinando-se para frente. Ela estava muito entusiasmada.

Eu assenti com a cabeça. Eu não conseguia imaginar o que ela estava prestes a me dizer, mas de repente senti borboletas no estômago.

— Conversei com um amigo no Consulado de D.C. sobre seu pai. E ele fez algumas pesquisas para mim.

Fiquei ali sentada, torcendo meu guardanapo, esperando a notícia.

Grace inclinou-se para frente e apertou minhas mãos.

— Ele está vivo, Jamie!

— Ah, meu Deus, meu pai está vivo! — Eu fiquei tão emocionada que pensei que ia desmaiar ou vomitar. Minhas mãos tremiam como loucas e as lágrimas escorriam pelo meu rosto.

— Eis o que aconteceu, você não vai acreditar nesta história! Seu pai escapou de uma prisão cubana em 2005 e nadou até uma base naval dos Estados

Unidos, onde esperou quatro anos por asilo político. Quando não foi concedido, eles o levaram para a Nicarágua com outros quinze cubanos. Meu amigo ligou para alguém que ele conhece no Consulado da Nicarágua que mexeu os pauzinhos e descobriu que seu pai ainda está na Nicarágua. Eles estão tentando conseguir um endereço para você, Jamie; você só precisa aguentar mais um pouco. Isso não é totalmente incrível?!

Eu praticamente pulei sobre a mesa e puxei Grace para um abraço. Estávamos rindo e chorando e agindo como loucas. Uma vida inteira me sentindo triste pelo meu pai perdido pareceu se derreter em um instante. Senti-me leve, como uma dançarina no ar, ou um balão prestes a flutuar.

Uma mulher em outra mesa chamou minha atenção e sorriu, nossa alegria era contagiante. Ela virou-se para a garçonete anotando seu pedido e brincou:

— Eu vou querer o que elas estão comendo.

CAPÍTULO 23

Minha euforia durou o dia todo e eu queria compartilhar a notícia com alguém. Pensei em ligar para tia Peg, mas decidi não fazer isso. Ela é tão pragmática que tive medo que ela começasse a fazer perguntas difíceis como: como eu sabia que meu pai queria saber de mim? Nem todo mundo gostaria de receber a notícia de uma filha adulta de uma vida passada. E será que eu queria mesmo saber os detalhes de sua vida trágica? E se ele precisasse da ajuda que eu não pudesse dar a ele? Eu não iria me sentir pior do que antes? Então, eu não liguei para ela. Ao invés disso, liguei para Duke.

— Ei, Duke, como você está?

— Não podia estar melhor, Querida. A Terra está girando, o sol está brilhando e eu tenho um encontro quente hoje à noite. E você? Estamos prontos para começar com a minha nova cliente favorita?

— Estamos sim. Vou lhe enviar um e-mail com um resumo e as informações de contato a Becca. Também tenho uma novidade.

— Espero que seja uma notícia boa. Eu não gostaria que você acabasse com a minha alegria.

— Fala sério, Duke, nada poderia acabar com a sua alegria! — Eu ri.

— Você me pegou. — ele respondeu rindo.

— Então, aqui vai a minha grande notícia: estou perto de encontrar meu pai! Ele está morando na Nicarágua e Grace está trabalhando para conseguir o endereço dele para mim. Isso não é ótimo?

— Isso é ótimo, Jamie. Estou muito feliz por você — disse Duke, de maneira monótona.

— Então por que você não me parece feliz? — perguntei, intrigada com sua reação.

— Acho que você pensou que Grace poderia ajudá-la mais do que eu. Sem problemas.

Pobre Duque! Eu tinha ferido seu orgulho. Eu sou tão lerda às vezes. Como é que eu iria resolver isso?

— Mas foi sua pista que fez isso acontecer, Duke. Grace arriscou e ligou para um amigo do Consulado Cubano que conseguiu localizar meu pai — mas só porque você fez o trabalho de base. É por isso que estou ligando para você primeiro.

— Você realmente me ligou primeiro? — Eu conseguia ouvir o sorriso dele pelo telefone.

— Claro que sim! Eu não poderia tê-lo encontrado sem você. Você é o melhor!

— Sim, eu sou, não sou? Mantenha-me informado sobre isso. Quero ser o primeiro a apertar a mão do velho.

— Você só quer pedir charutos cubanos.

— E o que há de errado nisso? — Ele riu. — Parabéns, Jamie, e estou sendo sincero. Agora, que tal um pouco da história de Becca Solomon?

Eu o informei sobre tudo, incluindo o interrogatório com o promotor público, mas pedi que ele adiasse a conversa com Becca para depois do funeral no sábado, e ele concordou.

Depois da nossa ligação, enviei-lhe um e-mail com o contrato assinado por Becca, bem como outras informações de que ele precisava. Não ficou muito grande, já que eu tinha feito um resumo pelo telefone. Quando terminei, peguei o arquivo de um dos meus outros casos porque, acredite ou não, eu tinha mais de um cliente, e havia uma audiência marcada para o dia seguinte para a qual eu precisava me preparar. Foi um alívio focar em algo mundano e esquecer Becca Solomon por um tempo.

CAPÍTULO 24

A quarta-feira passou sem problemas. Minha audiência correu bem, meu cliente recebeu a assistência que ele estava querendo e eu me senti bem por ser uma advogada de família. Ei, isso acontece. E então a quinta-feira chegou e estava na hora de eu me encontrar com Becca. Fiquei aliviada ao ver que ela estava vestida apropriadamente com um terno cinza-escuro e que ela parecia estar atenta e responsiva. Eu não poderia lidar com isso se ela virasse um zumbi novamente.

— Como você está se sentindo, Becca? — perguntei, assim que nos sentamos na minha pequena mesa de conferência.

— Eu estou bem. Quero acabar com isso logo. — Ela estava balançando a perna debaixo da mesa. Sua energia nervosa tinha que escapar de alguma forma.

— Eu também. — Sorri tranquilizadoramente. — Você precisa se preparar para isso, mentalmente, porque vai ser difícil, não vou mentir para você. O promotor público irá lhe fazer muitas perguntas — sobre Joe, a relação de vocês, sua receita do remédio para dormir, e qualquer coisa que ele possa pensar. E ele vai tentar fazer com que você tenha um surto emocional.

Ela parecia em pânico.

— E o que eu faço?

— Essa é a parte fácil. Depois de fornecer seu nome e endereço, você não vai responder a nenhuma pergunta. Em vez disso, você irá dizer o seguinte: "eu me recuso a responder com o argumento de que isso pode me incriminar".

— O quê? Você está brincando? Isso vai me fazer parecer uma criminosa e eu não fiz nada de errado! De que lado você está, Jamie?

— Acalme-se, Becca. Estou do seu lado e ninguém disse que você fez algo de errado. Falei com uma advogada excelente de defesa criminal, Susan Doyle, e ela me aconselhou a proceder dessa maneira. A razão é que qualquer coisa que você diga hoje pode ser distorcida, tirada do contexto e usada contra você, e não queremos dar a eles nada que possam usar. Se eles pensam que têm um caso contra você, deixe que provem. Faça-os procurar provas. Caso contrário, eles podem ir para o inferno, ok?

Ela respirou fundo e soltou o ar.

— Isso faz sentido, eu acho. Desculpe-me por ter gritado com você, meus nervos estão em frangalhos. — Ela me deu um sorriso pálido e eu dei um tapinha em seu braço.

Então Becca me olhou com uma expressão confusa.

— Mas então por que eu não vou embora? Qual é o sentido de ficar sem responder às perguntas?

— Para que possamos descobrir qual é o jogo deles — respondi. — Apenas lembre-se, não demonstre nenhuma reação a nada. Entendeu?

— Entendi.

Percorremos a curta distância até o escritório do procurador do estado em silêncio, cada uma de nós absorta em nossos próprios pensamentos. Eu também estava me preparando mentalmente para um confronto com Nick Dimitropoulos. Se Becca seguisse o roteiro, tudo acabaria bem, mas eu não confiava em Nick. Truques sujos eram sua especialidade, e direito penal definitivamente não era a minha.

Fomos conduzidas para uma sala sem graça onde tudo era marrom, o tapete, a mesa, as cadeiras. Até as paredes eram beges. Parecia um cômodo onde a esperança morria. Nós nos sentamos e esperamos. Passaram-se uns bons quinze minutos antes que o próprio príncipe do sarcasmo entrasse na sala.

— Bom dia, Srta. Quinn, *Sra*. Solomon. — Ele já estava começando seus jogos mentais com Becca.

— Olá, Nick — eu disse, e Becca assentiu com a cabeça, sem dizer nada.

— Obrigado por ter vindo. Pedi a você que viesse para fazer uma declaração sobre a morte de Joe Solomon. Tudo o que você disser será registrado e poderá ser usado contra você em um tribunal. Entendeu, Sra. Solomon?

Becca assentiu novamente.

— Você tem que responder audivelmente para o registro.

— Sim, entendi.

— Vejo que escolheu trazer uma advogada com você, correto?

— Sim.

— Por favor, diga o nome da sua advogada.

— Jamie Quinn.

— Por favor, diga seu nome e endereço.

— Rebecca Solomon. 3700 S. 37th Court, Hollywood Hills, Flórida.

— Você acredita que seu marido cometeu suicídio, Sra. Solomon?

— Eu não sei — respondeu ela. Eu olhei para ela e ela se encolheu. Ela já estava saindo do roteiro!

— Você acredita que seu marido foi assassinado?

— Eu me recuso a responder com o argumento de que isso pode me incriminar — disse ela, como se cada palavra queimasse sua boca ao sair.

— Interessante — comentou Nick.

— Você conhece alguém que possa ter matado seu marido?

— Eu me recuso a responder com o argumento de que isso pode me incriminar. — Becca estava muito pálida e se contorcia em seu assento.

Nick parou para vasculhar seus papéis, como se tivesse todo o tempo do mundo.

— Você tinha alguma razão para matar seu marido?

— Eu me recuso a responder com o argumento de que isso pode me incriminar.

— Você não estava no meio de um divórcio desagradável quando seu marido morreu?

— Eu me recuso a responder com o argumento de que isso pode me incriminar. — Lágrimas escorriam pelo rosto de Becca.

Nick mudou de rumo.

— Não é verdade que você tem uma receita de remédio para dormir?

— Eu me recuso a responder com o argumento de que isso pode me incriminar.

— Você está ciente de que seu marido Joe morreu

de uma overdose de álcool e comprimidos para dormir?

— Eu me recuso a responder com o argumento de que isso pode me incriminar. — Becca começou a se balançar de forma instável em seu assento.

Nick pousou seus papéis e olhou Becca nos olhos.

— Você tem alguma ideia de como seus comprimidos para dormir foram parar na casa de Joe? *Em um frasco de aspirina?*

Becca soltou um berro antes de gritar:

— Ah, meu Deus! Não, não, não!

E então ela desmaiou.

CAPÍTULO 25

Segurei Becca antes que ela caísse da cadeira, enquanto a assistente do Nick corria para buscar alguns sais de amônia. Assim que ela abriu um, o poderoso cheiro de amônia permeou a sala pequena, iniciando em mim um ataque de tosse. Uma onda daquela bomba fedorenta em miniatura debaixo do nariz de Becca foi o suficiente para reanimá-la e ela se sentou, parecendo atordoada, como se não conseguisse se lembrar onde estava.

Eu olhei para Nick.

— *Terminamos por aqui*. E espero que esteja orgulhoso de si mesmo!

— Sabe qual é o seu problema, Quinn? — perguntou ele. — Você leva tudo para o lado pessoal. Tem certeza que ela não é sua prima?

— Posso levar as coisas para o lado pessoal, mas pelo menos não perdi minha compaixão. Uma vez que você perde isso, Nick, o que lhe resta?

— Um advogado muito bom, é isso o que resta — disse ele, e saiu da sala.

Ajudei Becca a se levantar e uma vez que ela estava

firme, guiei-a até à porta. Antes de sairmos do prédio, insisti que ela bebesse um pouco de água do bebedouro do corredor. Felizmente, chegamos ao estacionamento sem incidentes e eu a acomodei no banco do passageiro.

— Você está se sentindo melhor agora? — perguntei enquanto ligava o carro.

— Sim, obrigada. Mas não me lembro do que aconteceu.

— O procurador estava lhe fazendo perguntas quando você desmaiou. Você se lembra do que ele lhe perguntou que a deixou tão chateada? — Eu sabia que era uma pergunta arriscada, mas pelo menos ela estava em um lugar seguro.

— Desculpe, Jamie, mas eu não me lembro.

— Está tudo bem, não se preocupe com isso — eu disse, me perguntando se Becca estava sendo sincera. Ela parecia estar. Ou ela era uma atriz extraordinária ou tinha a capacidade de bloquear instantaneamente eventos traumáticos. De qualquer maneira, era curioso. Às vezes, eu me arrependia de não ter me formado em psicologia; teria sido fascinante aprender como a mente funciona.

Não me senti confortável em deixar Becca dirigir, então a convenci a me deixar levá-la até sua casa; ela e Charlie poderiam pegar o carro dela mais tarde. Eu a acompanhei até a casa dela e então chamei Charlie de lado para dizer-lhe que Becca tinha desmaiado e para ficar de olho nela. Como sempre, ele foi amável e agradável e disse que cuidaria dela. Eu me perguntei o que seria preciso para irritar Charlie, mas não conseguia imaginar. Ninguém conseguia ficar tão calmo o tempo todo, nem mesmo a Madre Teresa ou o Dalai Lama.

No caminho de volta ao escritório, liguei para Duke.

— Ei — eu disse —, acabei de sair do Ministério Público com a Becca e aconteceu algo interessante que achei que você deveria saber.

— A vida não é estranha? Eu também tenho algo para contar-lhe. Primeiro as damas.

Descrevi o episódio bizarro que presenciei e perguntei o que ele achava que significava.

— Bem, parece que nossa garota Becca está se sentindo culpada por aqueles comprimidos para dormir no frasco de aspirina. Mas também parece que ela ficou surpresa ao ouvir sobre isso. Eu diria que essa é uma notícia boa, exceto por uma coisa, o apagão dela. Acho que é possível que ela seja a assassina, mas não se lembra de nada!

— Mas quando ela teria tido a oportunidade de matar Joe?

— Era isso que eu ia lhe dizer, Jamie. Eu fui à casa de Joe, que é um condomínio chique com todo o tipo de segurança e um guarda sentado na guarita para verificar os visitantes. Eu e ele começamos a conversar, sabe como é, e ele me mostrou a lista de visitantes de Joe. Acontece que Charlie Santoro fez uma visita a Joe no dia em que ele morreu. Mas o que foi ainda mais interessante era o outro visitante, uma mulher. De acordo com o guarda, essa mesma mulher visitava Joe todas as quintas-feiras de manhã e ficava lá por um tempo, se é que você me entende.

— Uau! Qual era o nome dela?

— Você vai adorar isto, *ela disse que o nome dela era Jamie Quinn!*

— O quê? Você está brincando, né?

— Quem me dera, Querida. Pedi a ele para descrever esta senhora misteriosa e ela não parecia nada com você.

— Claro que não era eu! — Fiquei furiosa por alguém usar meu nome dessa maneira.

Duke riu.

— Você fica engraçada quando está brava.

— Vamos, Duke, você está me matando. Quem era ela?

— Eu detesto ter que lhe dizer isto, Jamie, de verdade, mas era Becca

CAPÍTULO 26

Eu engasguei em descrença — Becca e Joe estavam dormindo juntos! Eu não conseguia superar isso.

— É a famosa relação de amor/ódio — eu disse.

— Não há como entender as pessoas — disse Duke —, então eu parei de tentar há muito tempo. Uma coisa é verdade, quando se trata de sexo ou dinheiro, tudo é possível.

Eu tinha estacionado no meu escritório, mas fiquei no carro. Minha mente estava a mil.

— Você sabe por que Charlie foi até lá? Porque ele me disse que não tinha visto o Joe.

— Sim, o guarda disse que ele levou um monte de coisas de criança e entregou ao Joe na entrada. Charlie não foi até o apartamento de Joe.

— Devem ter sido as coisas para a visita de sexta-feira das crianças, mas ele ainda mentiu sobre isso. E, pelo que você está me dizendo, parece que Becca teve muitas oportunidades de esconder um frasco de aspirina cheio de Ambien na casa de Joe.

— Sim.

— Mas então por que ela ficou tão chateada

quando Nick perguntou sobre o frasco de aspirina? — perguntei.

— Consciência pesada? Estou apenas supondo.

Confessei a Duke que eu não sabia o que fazer a seguir. Becca era minha cliente e eu tinha a obrigação ética de não agir contra seus interesses. Mas, com o que eu sentia por ela agora, minha única opção era me retirar do caso e cortar todos os laços. Eu diria que tivemos algumas diferenças irreconciliáveis, com certeza.

— Bem — disse Duke —, espero que você não se importe se eu continuar no caso. Fui contratado para encontrar provas que possam inocentar Becca, e ainda não terminei de procurar. Ainda não recebi meu dinheiro, é disso que estou falando.

— É claro que você deve continuar. E tenho certeza que Susan Doyle ainda concordará em representar Becca, se e quando as acusações forem apresentadas. Caramba, se ela apenas representasse pessoas inocentes, teria que fechar as portas. Sabe, Duke, Susan pode ser uma grande fonte de negócios para você. Ela pediu especificamente por você neste caso.

— Ela pediu? Então, aleluia por isso!

— Um conselho?

— Sim, qual?

— Não dê em cima dela, e não deixe que ela saiba que você conduz todos os seus negócios de um bar — brinquei.

— Entendido! — Ele riu. — E obrigado pelo negócio. Eu sabia que um dia você me apresentaria a todas as advogadas gostosas da cidade.

— Tchau, Duke. E boa sorte.

— Acho que vou precisar.

Senti-me mal por Becca, e não porque ela poderia ter matado o marido, mas porque fui enganada. Eu trabalhei tão duro para ela, e o tempo todo ela estava mentido para mim. Eu realmente odiava pensar que Nick estava certo, que eu levo as coisas para o lado pessoal e que meu senso de compaixão é um obstáculo. Para ser honesta, eu não sabia mais o que pensar.

Passei o resto da tarde em uma névoa mental em minha mesa, redigindo petições, escrevendo cartas e retornando ligações. Até comi na minha mesa, pedindo comida em vez de sair novamente. Fiquei aliviada ao ver que tinha uma mediação agendada para o dia seguinte. Atuar como mediadora era realmente agradável, uma vez que se tratava de uma solução criativa de problemas sem necessidade de preparação. Era muito gratificante ajudar os casais a resolverem suas diferenças de uma forma civilizada. E não assassinando um ao outro.

CAPÍTULO 27

A MANHÃ DE SEXTA-FEIRA PASSOU VOANDO; eu estava muito absorta no processo de mediação. Essas sessões são confidenciais, por isso não posso contar a vocês os detalhes, mas posso dizer que todas as questões principais foram resolvidas na primeira meia hora. E então levou mais cinco horas para resolver as coisas básicas. Como dizem, o diabo está nos detalhes.

Há sempre uma coisa que atrapalha o processo bem no final, e é algo que parece estúpido para quem está de fora. Uma vez foi uma coleção de DVDs, outra vez foi um micro-ondas, desta vez uma harpa. Percebi que não é o objeto que importa, é o que ele representa. É um símbolo — da última concessão que farão, da última briga que terão, da última conexão entre eles. Ao se afastar desse objeto trivial, eles têm que enfrentar o fim de seu casamento e todas as esperanças e sonhos que um dia tiveram juntos. Não é fácil.

Agora, eu sei que não é um trabalho manual, mas a mediação pode ser bem cansativa. Embora eu adore, não conseguiria fazer isso todos os dias. É por isso que passei o resto da tarde de bobeira, navegando na Internet e batendo papo com meus colegas de escritório. Decidi pesquisar sobre passeios a cavalo para poder cavalgar (ha ha) no meu grande encontro com Kip, que aconteceria em menos de vinte e quatro horas. O que eu estava procurando eram dicas de como andar a cavalo, e o que encontrei foi isso:

A lesão mais comum é a queda do cavalo, seguida de chutes, atropelamentos e mordidas. Cerca de 3 em cada 4 lesões são devidas a quedas, amplamente definidas. Uma definição ampla de queda geralmente inclui ser esmagado e arremessado do cavalo, mas quando relatados separadamente, cada um desses mecanismos pode ser mais comum do que ser chutado.

Obrigada, Wikipédia!

Eu sei que disse que queria sair da minha zona de conforto, mas isso não era exatamente o que eu tinha em mente. Achei que estava subtendido que eu nunca irei saltar de paraquedas; nunca irei mergulhar no oceano com uma lata de oxigênio nas costas só para ver peixes bonitos; e que nunca irei a um safári onde eu possa ser comida por animais selvagens.

Eu estava começando a me assustar, mas então, controlei minhas emoções. Afinal, eu não ia a um rodeio; eu ia a um parque do condado. Se fosse uma atividade perigosa, eles não teriam passeios a cavalo por lá. (Pense nas questões de responsabilidade!) E eu sabia que Kip me manteria segura. Ele era o salva-vidas que salvou a maioria das crianças de se afogar na Castaway Island, então, impedir que uma amiga descoordenada caísse de um cavalo seria fácil para ele. Fico feliz por ter um lado racional, porque se o lado covarde e medroso tomasse conta de tudo, eu passaria o resto da minha vida me escondendo debaixo das cobertas. É sério.

Eu tinha um horário marcado às 17h com a pedicure (para que minhas unhas dos pés ficassem bonitas antes que o cavalo pisasse nos meus dedos), e estava me preparando para sair quando Grace ligou.

— Ei, Gracie, quais são as novidades?

— Jamie, acabei de falar ao telefone com meu amigo do Consulado, e você não vai acreditar. Seu pai tem um pedido de visto pendente para vir para os Estados Unidos! Está pendente há mais de dois anos, mas mesmo assim, ele tem um.

— Isso é incrível! Mas como isso é possível? Eu achava que apenas um cidadão americano poderia fazer uma petição em nome de seus parentes. Alguém teria que solicitar em seu nome...certo?

— Alguém fez isso, Jamie.

— Quem?

— A esposa dele.

CAPÍTULO 28

Sentei-me, segurando o celular. Eu não sabia o que dizer. Eu estava tão preocupada com a reação do meu pai ao saber que ele tinha uma filha que eu não tinha considerado que ele já pudesse ter uma família, uma que estivesse completa sem mim.

— Jamie, querida? Você está aí? — perguntou Grace.

— Sim, estou aqui. Desculpe, eu estava pensando.

— É uma grande surpresa, mas ainda assim essa é uma boa notícia, certo?

— Definitivamente. Essa notícia é excelente.

— Tem mais: a esposa de seu pai mora em Miami. O nome dela é Ana Maria Suarez, eu tenho o número dela. Você poderia ligar para ela.

— Hmmm, não tenho certeza se essa é uma boa ideia. Eu odiaria acabar com o casamento do meu pai antes mesmo de falar com ele.

— Tem razão. Por que você não pensa sobre isso e, nesse meio tempo, eu lhe envio as informações de contato dela? Ok?

— Ok. Muito obrigada, Grace!

— Pode contar sempre comigo. Ei, se não estiver

ocupada no próximo sábado de manhã, quer ser voluntária comigo em um banco alimentar?

— Claro, é claro que sim — respondi. Grace era tão boa samaritana.

— Ótimo! Vamos descobrir os detalhes na próxima semana. Divirta-se com Kip amanhã. Quero um relatório completo, ouviu?

Eu ri.

— Ligarei para você da sala de emergência.

— Tão otimista — disse Grace.

— Apenas realista.

Depois que desligamos, sentei-me à minha mesa, perdida em devaneios. Tudo tinha ficado tão complicado ultimamente, e nada era o que parecia. Eu achava que Becca era uma vítima, e agora parecia que ela era a vilã. Eu achava que meu pai tinha me abandonado, e no final das contas ele nem sabia que eu existia. Achei que poderia ir até ele se o encontrasse, e agora eu tinha que considerar os sentimentos da esposa dele. Achei que ele poderia precisar da minha ajuda, mas agora parecia que ele tinha tudo sob controle. Talvez eu devesse parar de pensar tanto. Talvez eu estivesse apenas cansada da mediação. Talvez um horário agradável e relaxante na pedicure fosse exatamente o que eu precisava.

E no final das contas, era isso mesmo.

Era sábado de manhã e eu estava tentando decidir o que vestir para andar a cavalo. Depois de analisar as seleções limitadas que meu guarda-roupa tinha a oferecer, optei por uma camisa de manga curta, jeans e tênis. Eu estava muito nervosa e animada para comer, então bebi um pouco de café e coloquei uma barra de cereal na bolsa para mais tarde. Eram apenas 11h30 e só nos encontraríamos no parque às 13h, então eu tinha algum tempo para matar. De repente, lembrei-me que o funeral do Joe tinha sido naquela manhã, o que me fez pensar nas filhinhas deles. Coitadinhas!

Meu celular começou a tocar, tirando-me do devaneio. Por que Duke estava me ligando? Já tínhamos nos falado no dia anterior.

— Tenho uma história para lhe contar! — disse ele, assim que eu atendi.

— Oi para você também.

— Cara, Jamie, aquele funeral foi um inferno!

— Você foi *ao funeral de Joe*? Por que você fez isso? — Eu estava perplexa.

— Eu sou um detetive, não sou? Todos os amigos e familiares de Joe e Becca estariam no mesmo lugar — você consegue pensar em uma maneira melhor para eu obter algumas respostas?

— Acho que faz sentido, mas de uma maneira estranha. Invadir funerais me parece um pouco exagerado, mas, ei, é por isso que eu não sou uma detetive.

— Então ouça isso, estou conversando com os amigos de Joe antes da cerimônia — eles pensam que sou um primo dele de Louisiana — e eles me contam coisas interessantes...

— Continue.

— Dizem que a razão pela qual Becca e Joe se separaram foi porque Joe estava cansado do vício dela em remédios. Ela realmente ama esses caras: Xanax, Valium, Ambien, você escolhe. Qualquer coisa que ela pudesse fazer para enganar seu médico a lhe dar.

— Isso explicaria a tendência dela em se transformar em um zumbi, mas por que isso é importante?

— Vou lhe dizer o porquê, mocinha. Porque mesmo depois que ela disse a Joe que tinha parado com os remédios, ela continuou tomando e não queria que ele soubesse.

— E então?

— Então ela os escondia como um esquilo no inverno. Acho que sei onde era um dos esconderijos dela... vamos ver se você consegue adivinhar.

— Não!! Em um frasco de aspirina!

— Bingo!

— Então quando Joe chegou em casa na quinta à noite depois de beber demais, tomou dois comprimidos de Ambien pensando que eram aspirinas e nunca mais acordou.

— Oh, meu Deus! Mas ainda não sabemos como o frasco foi parar lá.

— Não, não sabemos.

— Uau! Estou impressionada. O que mais os amigos dele disseram?

— Eles disseram que o namorado dela, Charlie, tinha uma mãe alcoólatra e que ele sempre tinha que limpar a sujeira dela.

— Isso explica muita coisa. Ele é codependente, é por isso que ele cuida de Becca sem nunca reclamar.

— Sim, agora pergunte-me o que aconteceu a seguir — disse Duke, de repente ficando sério.

— O que aconteceu a seguir?

— Becca enlouqueceu — começou a gritar e a chorar, dando um escândalo sem sentido algum, e então ela desmaiou e alguém ligou para o 911. Quando os paramédicos chegaram, ela enlouqueceu novamente. Eles tiveram que sedá-la para levá-la à ambulância. Ouvi dizer que iam usar a Lei de Baker, seja lá o que for isso.

— É uma avaliação psicológica involuntária, onde eles podem reter alguém por até 72 horas. O que você acha que está acontecendo com ela — culpa ou luto?

— Não dá para afirmar. Pode ser também algum transtorno mental ou abuso de drogas. Ou todas essas opções.

— Que confusão! Onde as filhas dela estão agora?

— Elas foram para casa com os pais de Joe. Já liguei para Susan Doyle e contei-lhe o que aconteceu. Ela me pediu para continuar investigando, para tentar descobrir como o frasco de aspirina foi parar na casa de Joe.

— Faz sentido. Quem me dera poder estar lá quando Nick souber que sua principal suspeita está na ala psiquiátrica! Eu sou uma pessoa doente, não sou? Não responda. Seja como for, Duke, você certamente merece o que cobra, continue fazendo um bom trabalho.

— Obrigado, Querida. Fico muito grato. Então, o que você vai fazer neste dia lindo?

— Acredite ou não, vou andar a cavalo. Eu tenho um encontro.

CAPÍTULO 29

Embora o T.Y. Park seja um dos meus parques favoritos, o Tradewinds Park é realmente a joia da coroa. Com quase cinco vezes o tamanho do T.Y., é um dos maiores parques do Condado de Broward e tem mais a oferecer. Além dos parques infantis habituais, áreas cobertas e de pesca, o Tradewinds tem um modelo de trem a vapor, campo de disc golf, uma fazenda educacional e o *Butterfly World*, um jardim tropical onde você anda em meio a milhares de borboletas vivas, um museu de insetos, convívio com periquitos, jardins botânicos e vários aviários, incluindo o maior aviário de beija-flores de voo livre do país. E, não esqueçamos os estábulos, que é para onde eu estava indo.

Eu estava animada para ver o Kip, mas preocupada que pudesse ser estranho depois de todos esses anos. Enquanto ainda éramos aqueles adolescentes que tinham se apaixonado, ao mesmo tempo éramos estranhos. É mais difícil quando se tem uma história juntos porque já não somos as mesmas pessoas que costumávamos ser, por mais que desejamos. Isso faz algum sentido?

Mas tudo isso voou pela janela no minuto em que vi Kip parado ao lado dos estábulos, o vento brincando com seu cabelo enquanto ele acariciava a crina de um cavalo preto lindo. Ele estava usando uma calça jeans de aparência gasta, botas de cano baixo e uma camiseta dos Rolling Stones, a mesma camiseta que ele comprou quando me levou para ver os Stones em Miami anos atrás. Nós nos divertimos muito naquele show! E aquele Kip, hein? Ele já estava marcando pontos comigo, e ele nem sequer tinha me dito oi.

Quando me viu, ele abriu um grande sorriso.

— Ei, Jamie. Como você está? Pronta para rasgar as trilhas?

— Estou pronta para rasgar alguma coisa — eu disse com uma risada.

— Ok, então vamos lá. Gostaria de conhecer sua égua? Esta é a Star. Ela é muito gentil e conhece a trilha até de trás para frente.

— Como faço amizade com ela? Subornando-a com comida? Chocolate normalmente funciona para mim.

Kip sorriu e seus olhos castanhos iluminaram-se.

— Vou ter que me lembrar disso. Agora, é assim que você se apresenta a um cavalo. É o chamado "aperto de mão do cavaleiro". Ofereça-lhe as costas da mão para ela cheirar e depois faça um carinho no nariz ou na cabeça.

Eu me aproximei do cavalo nervosamente (é claro) e fiz como Kip disse. Quando ela roçou o nariz na minha mão, eu me senti relaxar. Então Kip explicou o básico: como montar em um cavalo; onde colocar os pés nos estribos (apenas um terço do caminho, para não ficar preso em caso de queda!); como segurar as rédeas (não muito frouxas); e como sentar-se na sela (seu ombro, quadril e calcanhar devem estar alinhados). Ele explicou que para fazer seu cavalo avançar, você o aperta com suas panturrilhas, e para fazê-lo parar ou diminuir a velocidade, você senta fundo na sela e aplica pressão com as rédeas. Você também pode dizer "ôa" (essa parte eu sabia). Para virar o cavalo, você puxa a rédea para a esquerda ou para a direita e faz pressão com a perna de fora.

— Isso é tudo que preciso saber? — Meu estômago estava cheio de borboletas, mas não do tipo que eles tinham no Butterfly World.

— Só mais uma coisa — disse Kip. — Não se esqueça de respirar, Jamie, ou você vai desmaiar e cair do cavalo! — Ele passou o braço em volta dos meus ombros e me apertou.

Isso fez eu me sentir muito melhor. E não pude deixar de reparar que o perfume de Kip era tão maravilhoso quanto eu me lembrava.

— Há uma citação de Thornton Wilder que eu gosto — disse Kip. — *"Quando você está seguro em casa, você deseja estar em uma aventura; quando você está em uma aventura, você deseja estar seguro em casa"*.

Eu ri.

— Amei! É exatamente como eu me sinto.

Pratiquei como subir e descer do cavalo e passei pelo exercício de como andar, parar, diminuir a velocidade e conduzir. Então esperei com a Star enquanto Kip ia ao estábulo buscar seu cavalo, um impressionante potro castanho-avermelhado chamado Webster. Webster parecia um pouco mais enérgico que a Star, como se não pudesse esperar para entrar na trilha. Em outras palavras, o cavalo perfeito para Kip.

Levou uma hora para completar a trilha que passava por uma área sombreada e arborizada. Estávamos cercados de ambos os lados por carvalhos, mognos e árvores gumbo limbo, com suas cascas vermelhas e descamadas. Não é de se admirar que se chamassem "árvores turísticas". Algumas das árvores estavam enterradas sob trepadeiras sinuosas de figos estranguladores que literalmente as sufocavam até a morte. Pareciam surreais, como uma peça estranha de arte moderna.

Minha planta preferida era de longe o café selvagem, que parecia estar em toda parte. Mesmo que tivéssemos deixado de ver suas bagas vermelhas e folhas brilhantes na vegetação rasteira, não podíamos deixar de sentir o aroma delicioso de café que nos seguia pela trilha. Kip me disse que o nome em latim para café selvagem era *Psychotria nervosa,* e que pássaros e animais selvagens gostavam de comer as bagas. Isso me fez rir. Eu disse que adoraria ver alguns animais selvagens excessivamente cafeinados.

Ele também riu.

— Se acha isso engraçado, você tem que ir ao Butterfly World e ver as borboletas bêbadas.

— Kip, você está inventando isso!

— Eu nunca mentiria sobre borboletas bêbadas! Essas malucas deixam suas frutas até fermentarem e então as comem e voam bêbadas. É hilário! Felizmente, não há predadores dentro do Jardim das Borboletas, senão elas estariam perdidas.

Talvez você esteja se perguntando por que ainda não falei sobre o passeio a cavalo. Isso porque foi relaxante e fácil, e nada assustador. Eu não poderia ter pedido por um cavalo melhor do que a Star. Ou um guia melhor do que o Kip. À medida que íamos andando, falávamos das pessoas que conhecíamos, dos nossos empregos e das nossas famílias. Kip ficou muito chateado ao saber que minha mãe tinha morrido; os dois costumavam se dar tão bem. Felizmente, os pais de Kip estavam vivos e bem, morando em Sacramento, onde tinham uma empresa de equipamentos médicos. Seu irmão mais velho, Chuck, estava em Nova York, gerenciando uma companhia de teatro off-Broadway. Não contei a Kip sobre minha busca pelo meu pai; apenas me pareceu demais para um primeiro encontro.

Estávamos chegando ao final da trilha quando Kip me lançou um olhar que dizia que ele iria aprontar algo, e então gritou:

— Segure-se, Jamie! — E então ele deu um tapa na traseira de Star. Ela começou a acelerar e antes que eu percebesse o que havia acontecido, nós dois estávamos voando pela trilha. Foi assustador! Mas também emocionante e divertido. Os cavalos pararam sozinhos no final da trilha. A essa altura, eu já estava sem fôlego e achava que minha bunda nunca se recuperaria daquela sela me machucando.

— Eu vou matar você, Kip! — Eu ri. — Se eu descobrir como sair deste cavalo.

Ele estava rindo muito.

— Isso não me dá muito incentivo para ajudá-la, não é mesmo?

Depois que me ajudou a descer, ele me puxou em seus braços e me deu um beijo. Eu o beijei de volta.

— Isso de verificar os parques com você é divertido — disse ele, enquanto acariciava meu cabelo.

— Ainda bem que você acha nisso — concordei com um sorriso. Sim, eu estava *muito* feliz.

— O que você acha de ir comigo ao Quiet Waters Park no próximo sábado?

Quiet Waters parecia inofensivo o suficiente, então eu disse que adoraria. Então ele me lançou aquele olhar novamente, e eu soube que estava em apuros.

— Excelente! Podemos experimentar o Ski Rixen.

— Não tenho certeza se gosto de como isso soa. O que é um Ski Rixen?

— É quando você fica em cima de um esqui aquático sendo puxado por um cabo por um percurso de um quilômetro. Você pode saltar e deslizar ao longo do caminho. É muito legal! Confie em mim, Jamie... você vai adorar!

Acho que eu teria que confiar nele.

CAPÍTULO 30

Eu estava nas nuvens depois do meu encontro com Kip, tanto que nem me importei quando não consegui dormir. Não dormir faz parte de quem eu sou, infelizmente, mas naquela noite eu tive a chance de reviver nosso passeio, analisando cada palavra e gesto. Eu não conseguia parar de sorrir. Era inacreditável eu tê-lo encontrado no dia em que decidi me exercitar, e ainda mais inacreditável ele ter me convidado para sair. A Oprah recomenda manter um diário de gratidão e eu sempre quis começar um. Agora eu sei exatamente o que escreveria nele.

Minha insônia também me deu tempo para pensar em meu pai. Eu estava tão perto de conhecê-lo, mas eu simplesmente não conseguiria ligar para a esposa dele. Ela já devia estar passando por tanta coisa, com ele na Nicarágua e ela aqui, e tendo que lutar por um visto para trazê-lo aos Estados Unidos. A última coisa que ela precisava era de uma mulher alegando ser filha dele, que estava perdida há tanto tempo para aumentar ainda mais seus problemas. Eu teria que encontrá-lo sozinha — bem, com a ajuda de Grace —

mas não através da esposa dele. Simplesmente isso não me parecia certo.

Felizmente, era domingo, então eu podia dormir até tarde. Planejei um brunch tranquilo, seguido de uma limpeza intensa na casa. Para uma casa pequena, com certeza ela acumulava muita sujeira, sem falar nos pelos de gato. Eu me arrastei para fora da cama por volta do meio-dia e fiz café. Eu estava prestes a fazer uns ovos mexidos e um grits de queijo quando Grace ligou.

— Conte-me tudo — exigiu ela.

— Não ganho nem "Bom dia"? O que a Srta. Boas Maneiras diria sobre isso?

— Ela diria: "É de tarde, Princesa, está na hora de levantar".

— Ei, já estou acordada há dez minutos.

— Tanto faz. Como foi seu encontro? Você não passou a noite na emergência, eu presumo. Passou em algum lugar mais interessante? Conte-me.

— Não, Grace — eu disse enquanto fervia a água para o meu grits. — Eu estava em casa ontem à noite, embora tivesse companhia na cama. Infelizmente, era apenas o gato.

— Você se divertiu? Marcaram outro encontro? Vamos, Jamie, você está me matando!

Eu ri.

— Sim e sim. Eu me diverti muito e vamos sair novamente no próximo sábado. Kip é realmente fantástico. — Eu hesitei.

— Eu ouço um "mas' vindo — disse Grace.

— É que...como é que eu posso dizer isso? Ele é tão interessante e eu sou tão chata! Kip é uma espécie de "Mr. Adventure", que está sempre procurando uma montanha para escalar, enquanto eu fico feliz por passar o dia na Barnes and Noble. Ele vai descobrir isso logo, logo.

Grace começou a rir tanto que teve que baixar o telefone.

— Jamie, querida, se ele não descobriu isso ontem, então ele nunca vai descobrir.

— Descobrir que eu sou chata? — Eu estava me sentindo um pouco insultada, mesmo tendo dito isso primeiro.

— Não, que você é o oposto de aventureira.

— Acho que você tem razão — eu disse. — Não há como esconder o meu verdadeiro eu, mas no próximo sábado vamos a *outro* parque, desta vez para esqui aquático!

Grace riu.

— Eu definitivamente preciso de fotos disso. Talvez você possa levá-lo à Barnes and Noble no próximo encontro.

— Muito engraçado. Você acha que consigo aprender esqui aquático assistindo vídeos no YouTube? Se não, estou em apuros. Sério.

— Você vai ficar bem, eu que estou em apuros. Tenho aquele grande julgamento amanhã. Acho que estou pronta, mas vai saber.

— Basta usar a sua "voz da razão" e o juiz terá que decidir por você. — Terminei de mexer os ovos e depois polvilhei queijo sobre o grits.

— É um julgamento *com júri* e meu cliente é tão detestável que todos o odeiam. Inclusive eu. Eu gostaria de não ter que colocá-lo no banco dos réus.

— Bem, eis o que eu faria: coloque-o logo para depor e acabe com isso. Depois, encerre com sua testemunha mais encantadora que o júri esquecerá tudo sobre ele. As primeiras impressões não importam tanto quanto a última.

— Gostei disso! — disse Grace. — Agora só preciso encontrar uma testemunha encantadora.

Antes de desligarmos, desejei-lhe sorte. Ela disse que se eu não tivesse notícias dela após o julgamento, significava que ela havia perdido e estava repensando suas escolhas de carreira. Tipo, talvez ela se mudasse para o Alasca e treinasse para o Iditarod[1].

Comi meu brunch no pátio, aproveitando o calor do meio-dia, bem como a brisa leve que sugeria que o outono estava chegando. As mudanças climáticas são sutis no sul da Flórida, mas nós as apreciamos; ao contrário dos turistas, que acham que aqui é verão o ano todo. Outra vantagem de me sentar do lado de fora era que eu podia ignorar minha casa suja ou fingir que era de outra pessoa.

Meu celular tocou com uma mensagem de texto e eu tentei resistir a olhar para ele. Eu gostaria de poder quebrar o hábito do celular, mas não posso — estou totalmente viciada. Se houvesse um programa de doze passos disponível, eu pensaria em fazê-lo, mas, honestamente, prefiro abrir mão do chocolate do que do meu celular. Esperei vinte segundos inteiros antes de desistir e ler o texto. Era do Duke.

Ainda está em seu encontro, Querida? Vai, garota!!

Se eu estivesse em um encontro, você acha mesmo que eu estaria lhe mandando uma mensagem?

Claro, se precisasse dos meus conselhos de especialista.

Nunca vai acontecer.

Ok, mas essa oferta não expira. Ei, você sabe

onde Charlie Santoro está? Não consigo encontrá-lo.

Não faço ideia. Na casa de Becca?, perguntei por mensagem.

Não, ela ainda está na ala psiquiátrica. E Charlie não atende o telefone.

Gostaria de poder ajudá-lo, Duke.

Eu também. Tenho a sensação de que ele sabe mais do que está dizendo.

Você pode estar certo.

Não estou sempre?

Você é uma lenda em sua própria mente. Tenho que ir agora.

Adiós, Sra. Advogada.

Duke estava certo — se alguém sabia como aquele frasco de aspirina tinha ido parar na casa de Joe, provavelmente era o Charlie. Já que ele estava morando na casa de Becca nos últimos meses, eu me perguntei para onde ele teria ido, mas isso não era mais problema meu. *O meu problema era uma casa que precisava desesperadamente de limpeza.*

Eu estava prestes a pegar o esfregão e o aspirador de pó quando minha vizinha, Sandy, apareceu e me convidou para ir ao Yellow Green Farmer's Market. A ideia de produtos frescos, sucos exóticos, uma barraca de queijos Amish (com amostras grátis!) e música suave ao vivo era demais para resistir. Fechei a porta da minha casa suja e ela ficou fora de vista e fora da mente pelo resto do dia.

CAPÍTULO 31

Voltei ao escritório na segunda-feira de manhã, mas não exatamente para trabalhar. Eu estava começando devagar — navegando na Internet, lendo as notícias, checando o Facebook — basicamente qualquer coisa que eu pudesse fazer para evitar o trabalho. Eu sou uma procrastinadora profissional, mas como qualquer habilidade adquirida, levei anos de prática.

Eu estava desfrutando da minha solitude matinal quando Lisa entrou no meu escritório, claramente perturbada.

— Jamie, tem um sem-teto maluco no saguão que não quer ir embora! Ele disse que tem que falar com você. O que eu faço? Chamo a polícia?

— Está tudo bem, Lisa, eu vou ver o que ele quer. Por que você não espera aqui?

Eu estava um pouco nervosa, admito. Ser advogada de divórcios não é o trabalho mais seguro do mundo, especialmente considerando que dois dos meus colegas foram mortos por litigantes furiosos nos últimos anos. Há uma razão pela qual detectores de metais são instalados em todos os tribunais, era necessário.

Olhei para o saguão e vi um jovem desgrenhado andando de um lado para o outro, como se não conseguisse ficar parado. Eu não o reconheci até ele se virar para mim.

— Charlie? Oh, meu Deus, o que aconteceu com você?

Ele parou de andar, mas seu olhar ainda estava aflito.

— Preciso falar com você. Por favor, podemos conversar?

— Claro, Charlie, mas que tal eu pegar uma garrafa de água e um lanche para você primeiro? Talvez um café?

Ele balançou a cabeça.

— Então por que não nos sentamos aqui mesmo e você me conta o que está acontecendo? Ninguém vai nos incomodar.

Nós nos sentamos em poltronas adjacentes e eu esperei, mas Charlie não disse uma palavra. Ele apenas olhava para seus sapatos. Eu não sabia quais tópicos eram seguros, ou o que ele poderia querer de mim, então eu também não disse nada. Eu teria lhe dado dinheiro para comida, ou o encaminhado para um profissional de saúde mental, se fosse isso o que ele quisesse. Com certeza era disso que ele precisava.

— Então... o que está acontecendo, Charlie? — perguntei, depois que vários minutos se passaram.

Quando ele começou a falar, as palavras dispararam de sua boca:

— Eu a amava tanto — disse ele, fixando seus olhos no meu rosto. — Eu fazia de tudo por ela, mas ela não se importava. Não importava o que eu fazia, nada era bom o suficiente, eu nunca era bom o suficiente. Ela me usou, assim como usou todo mundo!

Eu não tinha certeza se ele estava se referindo à Becca ou à mãe dele.

— Ela usou você também, Jamie — Charlie declarou categoricamente.

Ok, ele estava falando de Becca.

— O que aconteceu? — perguntei.

De repente, Charlie estava soluçando incontrolavelmente e isso o fez parecer um garotinho. Eu estava em território familiar agora; se tem uma coisa em que sou boa, é em confortar pessoas que estão chorando. Dei um tapinha nas costas dele gentilmente.

— Está tudo bem, Charlie — eu disse com uma voz suave. — Vai ficar tudo bem.

Vi Lisa espiando de um canto e fiz sinal para que ela levasse uma garrafa de água, o que ela fez rapidamente.

Charlie tomou um gole de água e então, com a voz rouca, continuou:

— Era sábado — antes do funeral — e Becca estava chorando. Ela me disse que nunca tinha deixado de amar Joe e que eu nunca seria tão bom quanto ele. Então ela começou a gritar para eu ir embora porque ela não suportava mais olhar para mim! — Lágrimas escorriam sem controle pelo rosto de Charlie.

Eu balancei a cabeça simpaticamente.

— Isso deve ter sido difícil. Onde você tem dormido desde sábado, Charlie?

— No meu carro. — Com isso, ele começou a balançar para frente e para trás e eu achei que ele poderia desmaiar, mas não desmaiou. Então, em um tom de voz tão baixo que ele poderia estar falando sozinho, ele disse: — Eu só queria fazê-la feliz. Eu tentei tanto... e nunca contei a ninguém...

Ah! E lá vamos nós.

— O que você nunca contou a ninguém, Charlie?

— Sobre os remédios dela. Ela tomava tantos comprimidos! Quando eu os jogava fora, ela simplesmente comprava mais. Ela dizia que ia parar, mas era mentira.

— Você sabe se ela escondia os comprimidos para dormir em um frasco de aspirina?

Charlie assentiu com a cabeça.

— Joe os levou com ele?

Quando Charlie assentiu novamente, parecia que ele mal conseguia se controlar.

— Foi um acidente? — perguntei.

Ele não respondeu.

— Charlie? — Nesse momento, eu tinha certeza que Becca tinha dado aqueles comprimidos a Joe. Toda aquela culpa e remorso a consumiram, resultando naquele grande colapso no funeral.

Charlie respirou fundo. Quando ele falou, foi quase um sussurro.

— Não era para matá-lo — disse Charlie. — Era só para abalá-lo um pouco, para que Becca conseguisse a custódia das meninas. Ele não deveria tê-la ameaçado daquela maneira! Eu tentei falar com ele, mas ele não parava, ele continuou falando sem parar. A culpa foi dele, ele mesmo fez aquilo com ele.

— E foi por isso que Becca fez isso? — perguntei.

Charlie olhou para mim com olhos mortos.

— Não, Jamie. Foi por isso que eu fiz isso.

CAPÍTULO 32

Fiquei sentada em um silêncio atordoado. Embora muitas pessoas tenham me contado seus segredos ao longo dos anos (às vezes enquanto estou no supermercado cuidando da minha vida), ninguém nunca tinha feito uma confissão como essa. Eu não sei porque Charlie escolheu me contar (gosto de pensar que é porque sou uma boa ouvinte), mas isso me colocou em um dilema.

O que eu deveria fazer com essa informação? Ligar para Susan Doyle? Com certeza eu não ia ligar para Nick Dimitropoulos. Considerei brevemente em ligar para a Florida Bar, a Ordem dos Advogados da Flórida, mas decidi não fazer isso. O que eu iria dizer? Que o ex-namorado da minha ex-cliente tinha acabado de me contar que matou acidentalmente um ex-amigo que também era o ex-marido de sua ex-namorada para ajudá-la a conseguir a custódia? Duvido que haja uma regra para cobrir isso, ou mesmo uma opinião do Procurador-Geral. Finalmente, eu simplesmente perguntei a Charlie:

— O que você vai fazer agora?

— Vou me entregar — disse ele solenemente sem hesitar.

— Por quê? Quero dizer...

— Eu sei o que fiz e tenho que assumir. E não quero que Becca leve a culpa.

— Depois de tudo o que ela fez com você? — Eu estava incrédula.

— Sim — ele disse, e levantou-se para ir embora. Apertamos as mãos e ele me agradeceu por ter conversado com ele. Charlie parecia tão perdido que era de partir o coração. Quando ele estava prestes a sair pela porta, ele se virou e disse: — Eu sei que isso não faz nenhum sentido, mas eu ainda a amo. — E então ele foi embora.

~

Todos nós temos a nossa parcela de más decisões. Na maioria das vezes, dá tudo certo e nada de ruim acontece. Então há o Charlie, filho de uma mãe alcoólatra, destinado a acabar com uma mulher tão confusa quanto sua mãe, e ele toma uma decisão muito ruim. Ele entrega comprimidos para dormir a Joe que parecem aspirinas. Se Joe não tivesse bebido, os comprimidos não o teriam matado, mas ele bebeu, e eles o mataram, e agora Charlie tinha que viver com isso.

Quando contei a Duke sobre Charlie, ele foi compassivo. Como Duke também não consegue resistir em ajudar uma donzela em apuros, ele conseguia se identificar. A diferença é que Duke não mataria ninguém. Pelo menos, acho que ele não faria isso. Não, claro que não.

Susan Doyle lidou bem com a notícia, é claro.

Quando lhe perguntei sobre Becca, Susan disse que ela havia sido colocada em um programa de reabilitação de drogas de 30 dias. Ela também me contou que a avaliação psicológica indicou que Becca tinha um possível transtorno de personalidade múltipla, o que achei que explicava muita coisa. Ela disse que uma defesa alegando insanidade teria sido um tiro certo. Quanto ao Charlie, ela achava que ele seria acusado de homicídio por negligência. Ela disse que poderia ter sido muito pior.

Depois que encerrei a ligação com Susan, Lisa enfiou a cabeça no meu escritório para me fazer uma pergunta. Ela disse que ficou tão impressionada com a forma como eu tinha lidado com Charlie que estava considerando em mudar para aconselhamento de saúde mental quando voltasse para a faculdade. Ela queria minha opinião.

— Você acha que isso vai fazê-la feliz?

Ela assentiu com a cabeça e sorriu.

— Então você definitivamente deveria fazer isso! — eu disse, na esperança de que ela não tivesse mais vontade de chorar.

Eu tinha mais uma ligação para fazer. Na verdade, eu não precisava, eu só queria.

— Nick Dimitropoulos.

— Odeio dizer eu avisei...

— Isso é mentira, Quinn. Você adora dizer isso. Por que mais você estaria me ligando?

Eu ri.

— Eu adoro dizer isso, principalmente para você. Você pegou a pessoa errada de novo, Nick! Como está se sentindo? Talvez você devesse comprar uma Bola Mágica 8 para poder pedir conselhos.

— Talvez você devesse se perguntar como con-

tinua se metendo no meio de casos de homicídio — ele
revidou.

— Eu me pergunto isso. E sinceramente, eu
não sei.

— Pare de se importar tanto. Isso pode funcionar.
— Ele riu.

— Vou ver o que posso fazer. Enquanto isso, se
precisar de algumas aulas de empatia, você sabe onde
me encontrar.

— Sim, isso vai acontecer, Quinn. Vejo você daqui
a um ano.

— Espero que não, mas não leve isso para o lado
pessoal.

— Eu nunca levo — disse ele.

CAPÍTULO 33

Não quero que pense nem por um minuto que, com todo o resto acontecendo, eu parei de ficar obcecada com minhas próprias coisas. Pelo contrário! As equipes de debate competindo na minha cabeça eram incansáveis, nunca paravam. *Devo entrar em contato com a esposa do meu pai? E se eu arruinasse minha única chance de conhecê-lo? Devo me preocupar com meu próximo encontro com Kip? E se ele percebesse que eu era uma pessoa chata e caseira? E o que está atrás da porta número 2? É uma cabra ou um carro novo?* Esses caras adoravam discutir, mas nunca tinham respostas para mim.

Quanto a entrar em contato com a esposa do meu pai, Ana Maria Suarez, continuei indo e voltando, fazendo listas de prós e contras até que finalmente segui meu instinto. Eu não conseguia me imaginar entrando em contato com ela, então decidi esperar até que Grace me desse o endereço dele na Nicarágua. Então eu escreveria para ele.

Quanto ao Kip, esse problema se resolveu sozinho. Na sexta-feira à noite, Kip me ligou para me dizer que a previsão para sábado era de trovoadas, por isso não poderíamos praticar esqui aquático. Fiquei arrasada porque pensei que ele estava cancelando nosso encontro, ou pelo menos adiando, mas não foi esse o caso.

— Então, Jamie, você gostaria de ir ao Coral Cliffs? Pelo menos não nos molharemos.

Eu sabia exatamente o que era aquilo — era uma academia de escalada coberta! De jeito nenhum que eu iria escalar uma parede (não que eu não conseguisse fazer isso) mas é porque eu tinha pavor de altura. Estava na hora de apresentar Kip ao meu verdadeiro eu.

— Kip, eu realmente quero passar um tempo com você e não importa para onde vamos, mas eu tenho que ser honesta... eu não gosto de altura. Nem pensar, de jeito nenhum. Tudo o que consigo fazer é subir no balcão da minha cozinha para alcançar a última prateleira, mas ficarei feliz em ver você escalando.

Ele começou a rir e foi o som mais lindo do mundo.

— Agora eu me lembro! Quando costumávamos ter competições de mergulho na Castaway Island, você sempre era a juíza. Desculpe, Jamie, isso foi muito imprudente da minha parte. Eu quero sair com você, não aterrorizá-la! O que você gostaria de fazer?

Eu ri também.

— Já que estou sendo honesta sobre minhas falhas de caráter, confesso que no geral, sou um bem covarde. Além disso, não sou muito atlética. E eu tropeço muito, mas só porque não presto atenção enquanto estou andando. Você ainda quer sair comigo?

— Mais do que nunca! Como posso resistir a uma garota com tantas qualidades?

Eu não conseguia parar de sorrir.

— Vou arriscar uma sugestão: o que você acha de assistirmos a um filme? Pode ser um de ação, eu adoro ver *outras* pessoas sendo corajosas.

— Só se pudermos sair para jantar e conversar primeiro. Talvez você revele alguns segredos obscuros mais profundos. Quem sabe?

— Combinado. É melhor eu pensar em alguns antes então. Ou talvez você possa revelar alguns dos seus. Isso sim seria bem interessante.

— Só se eu os inventasse. Posso pegá-la às 18h?

— Perfeito! Mal posso esperar. Ah, e eu sou vegetariana — pescetariana, na verdade — esqueci de mencionar isso.

— Ok, então nada de churrascarias brasileiras. Entendido.

— Mas está tudo bem se você quiser comer carne na minha frente, eu não me importo.

— Então desde que eu não faça você escalar uma parede ou comer carne, estamos bem? — Ele riu.

— Sim, estamos muito bem.

— Você é muito boa — disse ele em voz baixa, o que me causou arrepios. — Até amanhã, Jamie.

— Boa noite, Kip.

Então era assim que era se sentir feliz. Eu tinha quase esquecido.

CAPÍTULO 34

Embora eu estivesse ansiosa para ser voluntária no Banco Alimentar na manhã seguinte, fiquei aliviada por não ser antes das dez, assim eu poderia ficar mais um pouco na cama. Por alguma razão, o único sono reparador que eu tinha era de manhã cedo. Eu disse que eu era estranha.

Ouvi Grace buzinando, mas ignorei, incorporando o som ao meu sonho. Foi só quando ela bateu na porta da frente que eu finalmente acordei. Droga! Meus hábitos bizarros de sono eram tão irritantes. Vesti um roupão, deixei-a entrar sem dizer uma palavra e marchei imediatamente para o banheiro, onde escovei os dentes rapidamente, lavei o rosto e arrumei meu cabelo amassado da melhor maneira que pude.

— Desculpe — eu disse eu um murmúrio enquanto vestia algumas roupas. — Eu não dormi.

— Parecia mesmo que você estava dormindo quando buzinei. — Ela fez uma careta para mim, foi até a cozinha e me serviu um copo de suco. Depois de vasculhar os armários e não encontrar nada, ela pegou uma banana do balcão e disse: — Você está me atrasando, mulher, vamos logo.

Acordei no caminho para o Broward Outreach Center. Enquanto dirigia, Grace me explicou que este era um abrigo para mulheres e crianças sem-teto, que também tinha um banco alimentar. Eles sempre estavam procurando voluntários para separar e organizar o banco, mas eles também precisavam de voluntários no abrigo, incluindo pessoas para ajudar as crianças com seus deveres de casa. Conversamos sobre talvez fazer isso em outro dia, embora minhas habilidades matemáticas estivessem bem enferrujadas. Se você visse meu talão de cheques, entenderia.

Grace perguntou se eu tinha tomado uma decisão sobre Ana Maria Suarez, esposa do meu pai, e eu respondi que tinha decidido não ligar para ela. Grace nem sequer discutiu comigo, ela simplesmente ficou quieta. Isso era incomum para ela, mas imaginei que ela voltaria a falar sobre isso mais tarde.

Antes de irmos trabalhar no banco alimentar, Grace e eu fizemos uma tour pelas instalações e achamos impressionante. Eram 1.670 m² com 120 camas, incluindo dormitórios familiares para que as mães não fossem separadas de seus filhos. Eles também ofereciam aulas de habilidades para a vida, laboratórios educacionais, aconselhamento, tratamento de drogas, serviços de carreira e acesso a instalações médicas para essas famílias desabrigadas.

Tenho certeza de que há muitas pessoas que gostariam de ajudar os menos afortunados de maneira prática, mas simplesmente não sabem como. O que quero dizer é que raramente entramos em contato com pessoas que precisam de ajuda, a menos que sejam nossos vizinhos, colegas de trabalho, amigos ou familiares. Ser voluntário em um abrigo para pessoas desabrigadas ou em um banco alimentar parecia uma maneira excelente de ajudar, e Grace e eu prometemos fazer isso com mais frequência.

Enquanto organizávamos a despensa em enlatados, arroz, macarrão, cereais e manteiga de amendoim, Grace ficava checando seu relógio de pulso e me olhando de soslaio. Eu apenas a ignorei. Achei que ela iria me dizer o que estava acontecendo quando estivesse pronta. Às 11h30, ela deu um pulo e saiu do cômodo sem dar uma explicação. Para onde é que ela foi? Ao banheiro? Quando dei por mim, ela estava voltando rapidamente ao local com uma loira mais velha de aparência gentil a seguindo enquanto conversavam animadamente. Grace apontou para mim e disse:

— Aquele é a Jamie!

A mulher pegou minhas mãos e me puxou do chão em um abraço apertado. Ela me abraçou como se eu fosse um salva-vidas e ela estivesse prestes a pular de um navio. Eu não fazia ideia do que estava acontecendo. Ela começou a chorar e murmurou:

— *Mi cariño, mi corazón.* — E então se afastou para examinar meu rosto.

— *Dios mio!* Olhe para você... é idêntica! — E então ela começou a chorar.

— Desculpe, não quero ser rude, mas quem é você? Idêntica a quem exatamente?

— Ao seu pai, minha querida! Você é igualzinha a ele!

Atordoada, olhei para Grace que estava sorrindo tanto que seu rosto certamente congelaria.

— Ela... é...? — gaguejei.

— Conheça Ana Maria Suarez, a diretora do abrigo. — Grace me deu uma piscadinha. Essa tinha sido a sua melhor artimanha de todos os tempos.

Voltei a olhar para Ana Maria com lágrimas nos

olhos. Olhei para o rosto dela e tudo o que vi foi um amor incondicional de uma completa estranha por mim. Eu a abracei apertado. Nunca se pode ter muitas pessoas para amar neste mundo. Ou pessoas que amam você de volta.

Grace estava fungando e enxugando os olhos.

— Jamie, você e a Ana Maria podem vir comigo, por favor?

Nessa hora, eu só estava fazendo o que me mandavam; duvido que eu pudesse dizer algo coerente. Entramos em outra sala e de alguma forma lá estavam minha tia Peg, meu primo Adam e Duke, todos aplaudindo e comemorando. Grace me girou e havia um monitor gigante na parede. E nesse monitor tinha um homem acenando e sorrindo. *Era meu pai.* Achei que meu coração ia explodir. Ele parecia muito mais velho do que na foto que Duke tinha me dado, mas definitivamente era ele.

— Olá, Jamie — disse ele, emocionado. — Estou tão feliz em vê-la que não tenho palavras para expressar o que sinto.

— Eu também. — Passei a vida toda querendo encontrar meu pai que tudo o que consegui dizer foi "eu também".

— Não consigo acreditar que é você mesmo. — Consegui dizer antes de desabar em lágrimas.

Ele também estava emocionado.

— Descobrir que tenho uma filha é como um presente de Deus, Jamie. Temos tanto o que conversar.

— Temos sim — eu disse com um nó na garganta. — Por onde devemos começar?

Caro leitor,

Esperamos que tenha gostado de ler *O Caso do Divórcio Assassino*. Por favor, tire um momento para nos deixar um comentário, mesmo que seja curto. A sua opinião é importante para nós.

Atenciosamente,

Barbara Vankataraman e a equipe da Next Chapter

SOBRE A AUTORA

A premiada escritora Barbara Venkataraman é uma advogada no sul da Flórida, onde se inspira nas manchetes diárias para escrever seus livros. Ela adora se conectar com os leitores através de suas obras e encontra um tipo particular de alegria em uma frase bem elaborada. Além de escrever ficção, ela é coautora do livro *Accidental Activist: Justice for the Groveland Four* junto com seu filho Josh Venkataraman, sobre sua busca bem-sucedida de quatro anos para obter perdões póstumos para Os Quatro de Groveland (*The Groveland Four*)

NOTES

CAPÍTULO 14

1. Manto e Adaga (em inglês, Cloak and Dagger) são uma dupla de super-heróis do Universo Marvel. (N.T.)

CAPÍTULO 30

1. Corrida anual de trenós de cães disputada por equipes que ocorre no Alasca. (N.T.)

O Caso do Divórcio Assassino
ISBN: 978-4-82414-374-7
Livro de Bolso

Publicado por
Next Chapter
2-5-6 SANNO
SANNO BRIDGE
143-0023 Ota-Ku, Tokyo
+818035793528

24 abril 2022